その王妃は異邦人
～東方妃婚姻譚～
2
著
絵

「今の陛下でしたら、
あの書を読み上げればその意味が
お分かりになりますでしょうね」
そう言ってシュリーは、
周囲の目など気にも留めず。
隣に座る夫の肩に手を置き、
その耳元で囁くように。
背後に掲げられた書の文言を
読み上げたのだった。
『我愛你小蕾《ウォーアイニーシャオレイ》』

CONTENTS

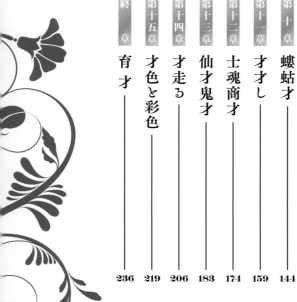

その王妃は異邦人

～東方妃婚姻譚～

2

著 sasasa
絵 ゆき哉

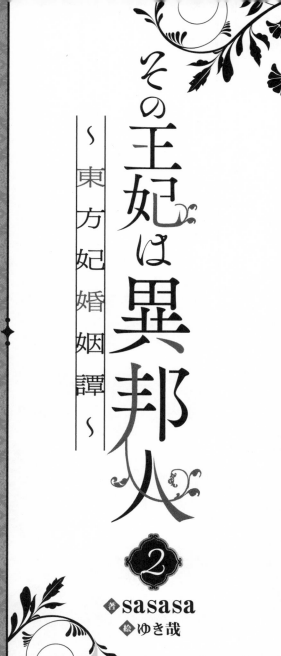

序章　不羈の才

目が眩むほどピカピカに磨き上げられた廊下をセカセカと進む藍海《ラン・ハイ》は、勝手知ったる紫禁城を進むと恭しく頭を下げた。

「陛下。三公主、朝陽公主殿下《ちょうようこうしゅ》より書状が届きましてございます」

「おお！　紫蘭《ズーラン》からか！　待ち侘びておったぞ、早う持って参れ」

酒盃を片手に喜色満面の笑みを浮かべる釧《セン》の皇帝は、愛娘からの書状を受け取ると直ぐに目を通した。

「なんと……紫蘭め、ついにやりおった！」

「と仰《おっしゃ》いますは、まさか……」

ごくりと唾を飲み込んだ藍海が問えば、皇帝は膝《ひざ》を叩《たた》いてニンマリと笑う。

「北方の蛮族匈古を、ついに征服しおったのだ。これで我が釧は大陸の東を隅から隅まで統一した。実に百年もの間抵抗してきたあの厄介な騎馬民族の討伐を、僅か一年にも満たぬ間に成功させるとは。朕の娘ながら、紫蘭の手腕には恐れ入るものよ」

藍海は、拱手《きょうしゅ》しながら祝いの言葉を口にする。

「おめでとうございます、陛下。長年の我が国の悲願が、ついに実現するとは。流石は朝陽公主様、嫦娥《じょうか》の化身と謳われる我が国最高の軍師にございます」

機嫌良く立ち上がった皇帝は、長い爪《つめ》で書状の清らかな筆跡をなぞりながら娘の帰還に思いを馳せた。

「紫蘭が戻り次第、保留にしていた金公子《ジン》との縁談を進めるぞ。一刻も早く、紫蘭に子を産ませるのだ。あれだけの才。道士の名門、金家《ジン》と掛け合わせれば、紫蘭よりも優秀な子が作れるであろう」

興奮気味の皇帝に、藍海は愛想よく作り笑いを浮かべた。

「朝陽公主様は最早、神の領域におわす御方。それを超えられるとは、いやはや。末恐ろしい子が生まれましょう」

「男児であれば、朕の養子として皇太子の座を授け、紫蘭共々この朕の側に置こうではないか」

「な、なんと……、それでは現皇太子殿下はどうなさるおつもりで?」

「ふん。紫蘭に比べれば、皇太子は凡庸である。いくらでも地位を剝奪すれば良かろう。紫蘭の子とあれば、諸侯も世継ぎと認めざるを得まい。思い通りにいかぬ時はこれまで通り、紫蘭に全《すべ》てを任せれば三日と待たず解決しようぞ」

「陛下の高尚なお考えには感服致します」

ははあ、と深く頭を下げる藍海に気を良くした皇帝は、手元の酒を呷って口元を拭った。

「うむ。そうだ、七公主の縁談はどうなったのだ?」

気まぐれな皇帝の問いに、藍海は記憶を辿《たど》った。

「あの西洋の小国に嫁いだ七公主様でございますか。はて、そろそろ送り届けた使節団が戻って参る頃合《ころあ》いではないかと」

「小賢しい小国との取引であったが、西洋に足掛かりを作る良い機会だ。あの卑しい母親を持つ七公主もこれで漸く役に立つものよ」

「陛下、西洋への足掛かりとは、まさか……」

「朝陽公主、紫蘭がおれば、東洋だけではない。世界を手に入れることも夢ではあるまい。朕は釧の君主であるが、それだけでは足りぬ。果ては西洋まで、この世の全てを手に入れ支配するのだ」

「さ、流石は皇帝陛下。どこまでもお供致します！」

ふははは、と高笑いをする皇帝の横で同調するように頷《うなず》く藍海。

と、そこへ伝令役の宦官《かんがん》が何やら報告にやって来る。それを聞いた藍海は、薄っぺらい笑みを浮かべて皇帝に頭を下げた。

「陛下、噂をすれば。七公主様を西洋のアストラダム王国に届けた使節団が戻りました。急ぎ陛下に謁見しご報告したき儀があると」

「ほう。通せ」

ご機嫌な皇帝は、さして興味も湧《わ》かないながらも、遥か異国から帰還した使者を出迎えたのだった。

「皇帝陛下に拝謁致します」

揃《そろ》えた声で拱手をし、深く頭を下げた面々を見て、皇帝は満足げに頷いた。

「うむ。楽にしろ。して、早速報告とやらを聞こうではないか」

「………………」

しかし、面を上げた彼等の表情は暗く、憔悴し切っていた。

「ん？」

「其方等《そのほうら》、どうしたのだ！　さっさと申さぬか！」

藍海の怒鳴り声に、漸く一人が口を開いた。

「皇帝陛下、どうかお赦しを‼」

そう叫んだ次の瞬間。全員が床に膝を突き、声を震わせて涙を流し始める。

「これはいったい、何事ぞ！」

驚いた藍海が再び怒鳴ると、嗚咽を交えた言い訳が次々と上がる。

「我等には、とても手に負えず……」

「まさかこのような事態になろうとは……ッ」

「よもや、何の力も持たぬ七公主が……まさか」

「其方等！　陛下の御前であるぞ！　はっきりと申せ！」

皇帝の顔が険しくなるのを見て、焦《あせ》った藍海が促せば、悲痛な叫びが嗚咽の間から響いた。

「アストラダム王国の国王に嫁いだのは、七公主様ではありません……！　七公主様に入れ替わった、三公主様……朝陽公主殿下にございます！」

「三公主様は……アストラダムの国王に純潔を捧げ二度と釧には帰らぬと……」

藍海は、その一瞬が永遠にも感じられた。使者の話を理解するにつれ、考えたくもない現実が迫り嫌な汗が噴き出すようだった。

そして、絶句する藍海の背後から恐ろしい怒号が上がる。

「そんなことが、あるわけなかろうがっ‼」

烈火の如《ごと》く怒り狂った皇帝は手にしていた盃を投げ捨て、立ち上がって先程の書状を乱雑に手に取った。

「本日とて、ここに紫蘭からの書状が……！」

と、そこへ。血相を変えた別の宦官が走り込んできて書状を掲げた。

「陛下！　北方より朝陽公主様からの追加の書状が到着致しました……」

「寄越せ！」

鋭い皇帝の声に、その宦官から書状を引ったくった藍海が急いで皇帝の手に書状を渡す。

中身を読んだ皇帝は、目を見開いて固まったかと思うと、ワナワナと震え出した。

「…………………ッ‼」

「陛下……三公主様は何と？」

恐る恐る尋ねた藍海には答えず、皇帝は唾を撒《ま》き散らして怒鳴った。

「其奴等を斬り捨てよ！　そして皇太子をここに！　今すぐだっ！」

真《ま》っ赤《か》な顔で怒り狂う皇帝に、泣き叫び赦しを乞う使者達。藍海はその地獄のような場所から慌てて駆け出したのだった。

◇

釧の皇太子、雪紫鷹《シュエ・ズーイン》は父である皇帝の呼び出しに溜息《ためいき》を吐いた。

「この忙しい時に……」

酒に溺れ女に溺れ、政務を疎かにする父。そんな皇帝の下で国が正常に回っているのは、皇太子である自分の功績が大きい。紫鷹《ズーイン》はそう自負していた。

しかし、紫鷹の思いとは裏腹に、父も世間も、この国の繁栄の立役者は紫鷹の腹違いの妹、朝暘公主・雪紫蘭《シュエ・ズーラン》だと思っている。

自分の才に誇りのある紫鷹にとって、妹の活躍は腹立たしく、それどころか妹を崇めるような噂の数々が耳に入る度に、ズタボロにしてやりたいと思うほど妬ましく恨めしくて仕方がなかった。

いつか必ず。自分が皇帝の座を手に入れた暁には、憎らしい妹をあの高みから引き摺り下ろしてやる。それが紫鷹の密やかな野望の一つだった。

そんな紫鷹は、父である皇帝の前に跪くなり父から平手打ちをされた。

「この、親不孝者がっ!!」

「ッ……!」

「お前の才が、せめて紫蘭の半分でもあれば、朕がここまで気苦労をすることもなかったと言うに！　若しくは紫蘭が男であればっ！　お前のような出来損ないを世継ぎに指名せずとも済んだのだっ!!」

発狂したような父のその発言は、紫鷹が幼い頃から言われ続けて来た言葉だった。

いつも妹と自分を比べて罵倒する父。紫鷹は妹と同じだけ、この父のことも憎らしかった。

「……恐れながら。何をそんなにお怒りなのですか」

拱手しながら問えば、皇帝は皇太子の前に書状を投げ付けた。

「それを読め！」

拾い上げた書状を広げた紫鷹は、その内容に目を瞠《みは》る。

「これは……まさか」

そこには驚愕《きょうがく》の内容が書かれていた。

妹の紫蘭から皇帝へ書かれたその書状には、卑しい生まれの七公主に代わり紫蘭が西洋のアストラダム王国国王に嫁ぐ旨と、ここ一年近く、紫蘭が赴いていると思われていた北方の騎馬民族討伐についての真相が書かれていた。

「戦況を見越し、事前に千通りの戦術を弟子の軍師達に指示していたと？　毎月陛下へ届いていた書状も、この書状も、予め用意していたものを弟子達に送らせていたと……」

そして文の最後は、自分が去った今、釧の国家を支え太平の世を維持する軍師は自分の弟子達の他にいないので、絶対に彼等を罰してはならないと、父である皇帝に向けた不敬極まりない〝命令〟で結ばれていた。

「なんと無礼な……父上を欺いた上に、このような無礼な書状を送り付けてくるとは。一刻も早く朝暘公主とその弟子達を罰するべきです！」

拱手して奏上した紫鷹の言葉は、皇帝の逆鱗に触れた。

「これだからお前は、いつまで経《た》っても屑なのだ！」

「……ッ⁉」

皇帝は、実の息子の皇太子を足蹴《あしげ》にした。

「よいか、その足りない頭でよくよく考えろ。紫蘭はその場におらずとも、事前の指示のみで厄介な騎馬民族の匈古を討伐してみせたのだ。そしてアストラダムから使者が戻る時期を見計らいこの書状を送り付けて来よった。これ程の才。驚嘆に値する知略。そこに目を付けるのが最初であろうが！」

「うっ……！」

更に一蹴《け》りを入れて、皇帝は無様に床を這いつくばる皇太子を見下ろした。

「アストラダムとの取引には、我が国にも多少の利があった。しかしそれは、嫁ぐのが役立たずの七公主であったからだ！　それをよりにもよって、紫蘭が身代わりになろうとは……我が国の至宝、不世出の才媛にして最強の軍師、その能力、霊力の高さから一騎当千、いや一騎当万の力を持つ朝暘公主を、みすみす国外に嫁がせるなど愚の骨頂。こんなことは絶対にあってはならぬ……！」

皇太子の髪を摑《つか》み引き起こした皇帝は、その血走らせた目で息子を睨《にら》み付《つ》けた。

「急ぎ西洋へ向かい、紫蘭を連れ戻して来い！」

その言葉に、紫鷹は目を瞠る。

「な……父上。偉大なる皇帝陛下。お言葉ですが、皇太子である私が長期間国を離れれば、政務に支障が……」

「お前がおらずとも、いくらでもこの国は回る！　しかし、紫蘭がいなければこの国は終わりだ！　見よ！」

皇帝が皇太子の前に叩き付けたのは、釧の地図だった。

「ほんの十年前まで、釧の周辺には釧に取り代わり天下を狙《ねら》わんとする蛮族が蠢いていた。それを紫蘭は女でありながらあの若さで全て征服してみせたのだ。今紫蘭がいなくなれば、誰《だれ》がこれらの蛮族を抑える？　そなたのような机に齧り付くばかりの腑抜《ふぬ》けに、太平の世を維持し繋《つな》ぐだけの力があると思うのか⁉」

「ぐ……」

武に関して言われてしまえば、剣を持つのも苦手な紫鷹には何も言い返すことができなかった。

「お前のような屑でも皇太子は皇太子。役立たずの使者達のように無下に送り返されることもなかろう。何としても紫蘭を連れて戻るのだ！」

「し、しかし政務が……」

尚も言い募る情けない息子に、皇帝は怒りを露わにした。

「いつまで勘違いしておるのだ⁉　朕がお前に政務を任せているのは、お前を信用しているからではないっ！　朝廷に仕える文官達を信用しているからだ。彼等は科挙試験に合格した優秀な者達であり、揃いも揃って紫蘭の教えを受けた弟子達である。お前が言う政務はせいぜい彼等に指示することくらいであろう？　お前なんぞがおらずとも何の支障もない。お前自身に能力があると、本気で思っていたのか？　何と愚かな！」

「…………」

放心した紫鷹は、これまで信じてきた自分の手腕を全否定されて目の前が真っ暗になった。

「藍海よ」

絶望する息子に目もくれず、皇帝は控える藍海に声を掛けた。

「は、陛下」

丁寧に頭を下げた忠臣に、皇帝は問い掛ける。

「藍芯《ラン・シン》は何処に？」

ギクリと固まった藍海は、言い淀みながらも答えた。

「そ、それが……アストラダムから戻った使者達の話ですと、アストラダムに残り朝暘公主殿下のお側におるようでして……」

「ほう。それは好都合ではないか」

怒りをぶつけられると思っていた藍海は、皇帝の思わぬ言葉に顔を上げた。

「陛下……？」

「この国の武官も文官も、後宮の妃嬪から果ては市井の商人達までもが紫蘭に傾倒しているが、宦官だけは今以て朕の管轄だ。朕の命令とあれば、藍芯も動こうぞ」

「は……！」

「朕自ら藍芯に朝陽公主を引き戻すよう書状を認《したた》めようではないか。皇太子よ、それを持ち直ちに西洋へ向かえ」

「……承知致しました」

「それと、丁度いい。金《ジン》公子を連れて行け」

皇帝の言葉に、紫鷹は眉間に皺を寄せた。

「……金《ジン》家の跡取り、金黙犀《ジン・モーシィ》でございますか？」

「紫蘭の夫になる男だ。お前だけでは心許ないからな。鬼才と名高い金黙犀がおれば朕も多少は安心できよう」

「……ッ」

それはまるで、お前一人では安心できない、信用できないと言われているのと同義だった。紫鷹にとって、これ程の屈辱はない。握り締めた拳《こぶし》が震え、腕に通した皇太子の証し、銀玉瑞祥釧《ぎんぎょくずいしょうせん》がその存在を主張する。

「……必ずや。朝陽公主を連れ戻してみせましょう。ですのでどうか、その暁には私の働きを少しは認めて頂けませぬでしょうか、父上」

紫鷹の切なる嘆願に、酒を呷った皇帝が返事をすることはなかった。

第一章　愛才と愛妻

「…………ハッ！」

アストラダム王国国王レイモンド二世は、夜明け前の寝室で飛び起きた。

「んぅ……陛下？　如何なさいましたの？」

隣で寝ていたレイモンドの妻、セリカ王妃……釧《セン》の皇帝の三女にして朝暘公主《ちょうようこうしゅ》の位を賜る雪紫蘭《シュエ・ズーラン》、名を雪麗《シュエ・リー》ことシュリーは、眠そうに目を擦《こす》りながらその身を起こして夫に手を伸ばした。

「私《わたくし》のシャオレイ《レイちゃん》は恐い夢でも見たのかしら？」

妻が頭を撫でてくれるのはそのままに、レイモンドはドクンドクンと煩《うるさ》い鼓動を落ち着かせようと息を吐いた。

「いや……。悪夢を見たわけではない。だが、何か途轍もなく嫌な予感がする」

ぶるりと震えた夫を見て、シュリーは目をパチパチと瞬かせた。

「まあ。陛下の嫌な予感は当たりますものね」

ふむふむと顎に手をやったシュリーは、思い付いたかのように笑みを見せた。

「シュリー、何処に行くのだ？」

するりと寝台を降りた妻の袖《そで》を引くレイモンド。その子犬のような様子に心臓を撃ち抜かれながら、シュリーは愛する夫からするりと袖を離す。

「すぐに戻りますわ。少々お待ち下さいまし」

「これは？」

すぐに戻って来たシュリーの手には、何やら細い棒の束《たば》があった。

「筮《めどき》ですわ。私、占術にも多少の心得がございますの」

刺繍に舞に書に推拿《すいな》に養蚕に陶芸に楽《がく》に料理に魔術に薬学に武術に仙術に医術に、と様々なものに〝多少の心得〟があるシュリーは、数多ある特技のうちの一つを夫に披露しようと準備を始めた。

「占術？」

「簡単な占いですわ。これは卜占《ぼくせん》の類になりますけれど、そうそう外れたことがございませんのよ」

白く細い手で器用に数十本の棒の束を操《あやつ》り始めたシュリーを見て、レイモンドは感心するように息を吐いた。

「そなたの所作の美しさはいつ見ても惚《ほ》れ惚《ぼ》れしてしまうな」

息をするように吐き出される夫の褒め言葉にピクッとシュリーの手元が反応する。

「コホン。……陛下。優秀な私が手元を狂わせることは絶対にありませんが、陛下は時々思っていることを素直に話し過ぎですわ。あまりにも唐突なお言葉ばかりですと、完璧《かんぺき》な私でも少々動揺してしまうことがございますのよ」

「そうなのか？　すまない。そなたを見ているとつい賛辞が止められなくなってしまう」

ジャラ、と再び手元を反応させた妻に構わず、レイモンドは真面目《まじめ》な顔で話を続けた。

「というか、最近気が付いたのだが。私はどうやら、そなたが何をやっても全て《すべ》てが好ましく見えてしまうようなのだ。どんな姿も麗しい、美しい、愛おしい、可愛《かわい》い、慕わしい、愛くるしい、としか思えない。可能な限りの時間を費やしてそなたを見ていたい。これが惚れた弱みというやつなのだろうか？」

「……んんっ！」

とうとう手元を狂わせたシュリーは、バラバラと筮が散らばるのもそのままに、両手で顔を覆《おお》った。

「シュリー？」

「……お願いですから見ないで下さいまし」

顔を隠したまま体ごと外を向いた妻を、レイモンドは無慈悲に引き戻す。

「どうした？　大丈夫か？」

蠟燭の薄明かりにもハッキリと見て取れる程に赤くなったシュリーは、両手の間から小さく声を漏《も》らした。

『……本当に質《たち》が悪いわ。この男は私を殺す気なのかしら』

このままでは心臓発作と呼吸困難で死んでしまう。本気でそう思ったシュリーが遥か異邦の母国語で唸《うな》れば、同じ言語が夫の口から返って来た。

『何を言うのだ。私を置いて死なないでくれ、親愛的《ダーリン》』

「…………」

愛する妻の祖国の言葉だからとシュリーに隠れて釧の言葉を勉強していたレイモンド。その手解《てほど》きをしたというシュリーの従者ランシンにまで嫉妬《しっと》し、最近ではシュリーが自ら夫に釧語を教えていた。

教えることにさえ異常な才能のあるシュリーの助けもあり、元々勤勉なレイモンドは日常会話を問題なく話せる程度には釧の言葉を覚えてしまっていた。

つまり、シュリーの心の叫びが漏れ出た先程の独り言は、夫にバッチリ聞かれてしまったというわけだ。その上で甘い殺し文句がシュリーを襲う。

更に縮まったシュリーは、心配する夫を他所にシーツの中へと潜り込んだのだった。

「あらあら、まあまあ。面倒なことが起こりそうですわね」

気を取り直したシュリーが、再開した占いの結果を見てクスクス笑うと、レイモンドは興味深そうに妻の手元を覗《のぞ》き込んだ。

「どうだったのだ？」

楽しげな目をしたシュリーが顔を上げる。

「東方から招かれざる客がやって来るようですわ」

「……東方か。東方と言えば……」

「私の祖国、釧でございましょうね。そろそろ来る頃かと思っておりましたのよ」

さらりと言ってのけた妻の表情に何かを察したレイモンドは頬杖《ほおづえ》を突いて苦笑を漏らした。

「シュリー。そなた、祖国で何をやらかして来たのだ？」

何もかもお見通しな夫に微笑み返しながら、シュリーは胸を張った。

「大したことではございませんわ。ただ……そうですわね。これ程までに大切なものができると分かっていれば、もう少し穏便な方法を取っておりましたのに」

そう言ってシュリーは、夫の肩に頬を寄せる。

「……と言うことは、何やら穏便ではないことが起こるということか」

艶《つや》やかなシュリーの黒髪を指先に絡《から》めたレイモンドは、妻の不吉な言葉に今更不安がることもなく。呆《あき》れたように笑うのみだった。

◇

『我は釧国皇太子の座を預かる雪紫鷹《シュエ・ズーイン》と申す。アストラダム王国国王レイモンド二世陛下に拝謁致す』

シュリーの占い通りにアストラダム王国にやって来た、釧の皇太子であるシュリーの兄とその一行。事前にシュリーから恐らく兄である皇太子が来るだろうと聞かされていたレイモンドは、一切《いっさい》動揺することなく通訳も待たずに釧の言葉で気安げに異国の皇太子に応《こた》えた。

『遠路はるばるよく来て下さった、義兄上《あにうえ》殿』

突然の釧からの訪問を予め知っていたかのように迎え入れ、釧の言葉で挨拶《あいさつ》を返して来た国王レイモンド二世に面食らいながらも、見栄っ張りな紫鷹《ズーイン》は必死に動揺を腹の奥底に隠して高慢な態度を貫こうとした。

しかし、紫鷹が顔を上げた瞬間。国王レイモンドの背後にデカデカと掲げられた書が目に入ってしまい、言葉を失ってしまう。

そこには明らかに妹の手と分かる達筆で、巫山戯《ふざけ》ているとしか思えない文言が記されていたのだ。

【我愛你小蕾《ウォーアイニーシャオレイ》】(愛してるレイちゃん)

(……馬鹿《ばか》にしているのか)

はたまた、これは新手の嫌がらせか。こちらの動揺を誘う姑息な手段か。なんと猪口才《ちょこざい》な。そんなものに嵌《は》められて堪るものか。

紫鷹は、拳《こぶし》を握り締めて必死に理性を総動員し冷静さを取り戻すと、何も見てはいないと自分に言い聞かせて頭に血が上るのを何とかやり過ごした。カッとなった心に平静を取り戻し、目線を極力書から避けつつも、頑《かたく》なな態度で国王レイモンドに向かい改めて口を開く。

『……貴殿に義兄と呼ばれる所以はない。我が妹にして釧の三公主、朝陽公主である雪紫蘭と貴殿との婚姻を、我が国は一切認めていない。故に三公主は我と共に即刻帰国する。我は釧を代表し、三公主を連れ戻しに参ったのだ』

あくまでも強硬な態度の皇太子に苦笑するレイモンドの横から、シュリーは扇子で口元を隠しながら呆れたような声を上げた。

『相変わらず面白味《おもしろみ》のないお方でございますこと、兄様。どうせ父上に言われて仕方なくやって来たくせに、私の愛する夫にしてアストラダム王国の国王陛下に対しその無礼な態度は何ですの？』

「こらこら、シュリー。義兄上殿をあまり刺激するな」

レイモンドがアストラダムの言葉で小さく妻に囁《ささや》くと、シュリーも扇子の下から夫へ囁きを返した。

「ですけれど……シャオレイ。兄様は私と貴方様を引き離しに来たのですわ。ここは何としても追い返しませんと」

「そなたと引き離されるのだけは絶対に避けたいが、他でもないそなたの兄上ではないか。追い返すのはもう少し話を聞いてからでも良いのではないか？」

「陛下がそう仰《おっしゃ》るのなら……ですが。私達の仲を邪魔するのであれば、たとえ兄様であろうと容赦なく切り刻んで魚の餌にして差し上げますわ」

「シュリー……」

その物騒な内容とは裏腹に、ほんわかと呑気《のんき》な空気の中で交わされる夫婦の会話。

しかし、その一部が耳に入った皇太子紫鷹は、アストラダムの言語を理解できずとも、とある部分に怒り狂い声を荒らげた。

『なんと無礼な！　貴様ッ！　たかだか小国の王の分際で我が妹の名を気安く呼ぶとは！　釧を愚

弄するつもりか⁉　朝陽公主・雪紫蘭の名を呼ぶことは父上ですら許されぬ禁忌だというのにっ！』

それまでの取り澄ました態度をかなぐり捨てて怒鳴る皇太子は、レイモンドが妻に呼び掛ける〝シュリー〟という単語が、妹の姓名である雪麗のことであると思い至り激昂したのだ。その様子にレイモンドは目をパチパチと瞬かせた。

「……そうなのか？」

驚いたレイモンドが隣に座る妻に問うと、シュリーは悪戯が成功した子供のようにクスクスと笑いながら頷《うなず》いた。

「そうですわね。私は釧では三公主、朝陽公主、若しくは名の代わりの通称となる字《あざな》、紫蘭《ズーラン》と呼ばれておりますわ。名を呼ぶというのは相手の魂を支配していることと同義でして、大変な無礼ですのよ。高貴な者であればある程、その名を呼べるのは主君や親といった限られた者だけなのですわ。まあ、私は父である皇帝にさえ名呼びを許したことはないのですけれど」

「それをそなたは、出逢ったばかりの私に許したのか？　何故《なぜ》……」

「当然でございましょう。私の全ては陛下のものと申し上げたではございませんか。私の魂を来世まで縛り付けておいて、今更何を仰るのかしら、私のシャオレイは」

楽しげに笑う妻を見て、レイモンドは頬を掻《か》いた。妻の名を呼ぶことが自分だけに許された特権だと知って、言いようのない愛おしさが込み上げてくる。

ケラケラと笑うその顔も声も可愛くて可愛くて仕方ない。今すぐにでも抱き締めたいが、鋭い義兄の視線が突き刺さり、ここが玉座の間であることを思い出す。

皇太子は、イチャイチャと桃色の空気を飛ばす二人を見て怒りに身を震わせていた。

『いい加減にしろっ！　紫蘭、これはいったい何の真似だ⁉　まさか本気でこんな小国の王如《ごと》きに心を許したわけではあるまいな⁉　いつものくだらないお遊びで私を揶揄《からか》っているのか⁉』

早口の釧語で捲し立てながら、皇太子はここに来るまでの父とのあれこれも相まって、とうとう感情を爆発《ばくはつ》させた。

『そもそも先程から目に入るその巫山戯た書は何だ⁉　目障りにも程がある！　馬鹿げたことをデカデカと書きおって！』

一度は飲み込み、見なかったことにしたはずの書が、イチャイチャする二人の背後に見えてどうにも我慢できず。紫鷹は指を差して国王の背後に飾られた書を睨《にら》み付《つ》けた。

「……？　シュリー、義兄上殿は、あの書の何に怒っているのだ？」

息を切らす勢いの皇太子に首を傾げたレイモンドが問うと、可笑《おか》しさを隠し切れない様子でシュリーはクスクスと笑い出した。

「陛下は、釧の言葉を話せるようにはなりましたけれど、文字はまだ勉強しておりませんものね」

「ああ。しかし、あの書には何やら崇高な格言が記されているのではなかったか？」

書を贈られた時のことを思い出してレイモンドが目を瞬かせると、シュリーの笑みが更に美しく深まった。

「今の陛下でしたら、あの書を読み上げればその意味がお分かりになりますでしょうね」

そう言ってシュリーは、周囲の目など気にも留めず。隣に座る夫の肩に手を置き、その耳元で囁くように。背後に掲げられた書の文言を読み上げたのだった。

第二章
才子佳人

自分はいったい、何を見せられているのか。

釧《セン》の皇太子紫鷹《ズーイン》は、異国の地で頭を抱えていた。

目の前で異国の王とイチャコラする妹を見ているだけでも相当な精神的苦痛を強いられているというのに。二人の会話を聞いていた通訳によれば、国王の背後に飾られた目障りな書は、その内容を伏せられたまま妹から国王レイモンドへ贈られたものらしい。

内容を知らなかったのであれば、妻からの贈り物を大事に飾るのも頷ける。実際に釧の者でなければ何が書かれているかは分からないだろう。

意地の悪い妹の悪戯に翻弄され騙《だま》された国王も気の毒だが、悪趣味な書をデカデカとこんな目立つ場所に掲げ続けたのは自業自得。

どうやら書の意味を国王に教えたらしい妹を見て、そんなものを堂々と飾っていた羞恥に国王が激怒し二人の間に亀裂でも入れれば、と期待した紫鷹は、とんだ思い違いをしていたと気付く。

妹から書の真実を告げられたはずの国王レイモンドは、その直後から何とも言えない所謂デレっとした顔で満更でもなさそうに口元をニヤけさせているのだ。

何故《なぜ》だ。何故そうなる。あれがもし自分の立場だったら。羞恥で憤死寸前になり、怒り狂って書を破り捨てるくらいのことはする。なのに何故。あの男は書を外そうとしないばかりか喜んでいるのだ。

まさか書の意味を知ってもそのまま飾り続ける気なのか？　正気か？　紫鷹には到底理解できなかった。

……あの国王の精神は鋼なのか？　はたまた、余程肝《きも》が据わっているのか？　それともただの恥知らずな馬鹿《ばか》なのか？

分からない。分からないからこそ、紫鷹は国王レイモンドが得体の知れない恐ろしい男に思えてきてならなかった。

そもそも、釧側は認めていないとしても。あの妹の夫を務めていること自体が異常だ。

能力の高さ故に他者を見下し、決して心を許すこともなく、いつも兄である紫鷹を虚仮《こけ》にしては嘲笑ってきた性悪な妹。

そんな妹をあんなに愛おしげに見つめているばかりか、妹の方からも甘い眼差《まなざ》しが国王に向いている。

釧ではいつも退屈そうに遠くを見ていたあの妹が、とても活き活きと目を輝かせている。更にはあんなに気安く名まで呼ばせているとは。いったいこの男は、妹に何をしたのか。

釧の至宝とまで言われ、女神・嫦娥《じょうか》の生まれ変わりと謳われ父である皇帝からの寵を一身に受ける朝陽公主《ちょうようこうしゅ》。そんな妹をいとも簡単に手懐けているレイモンドはどう考えても普通ではない。

もし仮に、妹が本気で国王に心を奪われているとすれば、色んな意味で恐ろし過ぎる。

ゾッと背筋を凍らせながらも、紫鷹はしかし、こんなことで怯《ひる》んではいられなかった。

父である皇帝に約束した手前、紫鷹は何としても妹を釧に連れ帰らなければならないのだ。その為にはまず、この厄介で得体の知れない国王と妹の仲を引き裂かなければ。

とてもとても不快極まりない二人の甘い空気の中に押し入ろうと意を決した紫鷹は、次の瞬間。突如こちらを振り向いた国王レイモンドの言葉に思考を停止させた。

『義兄上殿には感謝する』

釧の言葉で正面からそう告げられ、紫鷹はぽかんと口を開いた。

『…………は？』

『義兄上殿が釧より来なければ、照れ屋な王妃がこの書の意味を教えてくれることもなかったかも知れぬ。本当に遠いところを来て頂いて良かった』

意味が分からない。

誰《だれ》が照れ屋だと？

まさか。この国王の目には、先程から扇子で口元を隠し、小馬鹿《こばか》にしたような目で兄である自分を見下ろすあの性悪女がそういう風に見えているのか？

駄目だと分かっていながらも、紫鷹は満面の笑みのレイモンドに完全に毒気を抜かれてしまった。特に強そうなわけでもない小国の国王に過ぎぬ男。しかし、何故だかこの国王には勝てる気がしない。

嫌味の一つも思い浮かばず、ただ黙り込む紫鷹へと、レイモンドの方から言葉が投げ掛けられる。

『それにしても、義兄上殿……いや、釧国皇太子殿下。王妃は正式な手筈を経てアストラダム王国に嫁いで来た。何故、今更婚姻が認められないという話になるのだ？』

このまま有耶無耶に追い返すのではなく、ちゃんと自分を釧の皇太子として扱い、話を聞いてくれようとするレイモンド。その態度に、紫鷹はまた一つ何かが負けた気がした。

『……本来貴殿に嫁ぐ予定だったのは我等の妹、七公主であった。それをそこにいる三公主が勝手に身代わりとなったのだ。故にこの婚姻は無効だ』

「……それは本当か、シュリー？」

夫からの問い掛けに、シュリーは肩をすくめて答えた。

「ええ。妹の七公主には既に想《おも》いを寄せ合う殿方がいたのですわ。ですから私が身代わりになりましたの。ですけれど、元々の話はあくまで釧の〝姫〟を陛下に嫁がせることですもの、私では駄目という話にはなりませんわ。それに婚姻の儀は滞りなく済ませましたし、私の純潔は陛下に捧げました。そして私は今や、紛う事なきこの国の王妃です。この婚姻が無効という釧の主張など無視してしまって問題ございませんわ」

「私も今更そなたを離すことなどできない。いや、絶対に離したりしない」

愛する夫から真剣な顔でそう言われれば、シュリーも悪い気はしない。

「陛下……！」

くどい程の甘ったるい空気に、言語は分からずとも二人が何を言い合っているのか察した紫鷹。

無理矢理その空気を断ち切る為に、紫鷹はここで切り札を使うことにした。

『紫蘭《ズーラン》！　これ以上のおふざけは父上も許さぬであろう。我等と共に直ちに釧に帰るのだ！　そもそもお前には許婚がいるではないか！』

「…………許婚？」

それを聞いてグッと眉間に皺が寄ったレイモンド。対するシュリーは余計なことを言い出した兄へ向けて舌打ちをした。そうして悲しげな表情の夫に身を寄せ弁解する。

「違うのです陛下。あれは父である皇帝が勝手に一人で盛り上がっていただけで、私の元に正式な縁談話が来たことは一度もないのですわ」

実際には縁談の話が出そうになる度にシュリーが力尽くで揉《も》み消《け》してきたのだが、皇帝がシュリーに優秀な子を産ませる為に名家の跡取りを当てがおうと画策していたのは事実だった。

「その男と私の間には何の情もございませんわ。私が生涯で心を惹《ひ》かれたのは貴方様ただお一人です。ですからどうか、そのような顔をなさらないで下さいまし」

「…………」

尚も複雑そうな顔の夫に必死で言い募るシュリーへ向けて、紫鷹は高らかに言い放った。

『お前を連れ戻すため、今ここにお前の許婚も来ている。金《ジン》公子！　貴殿からも何とか言ってやってくれ！』

しかし、背後に控える使節団に向かって呼び掛けた皇太子の声に応《こた》える者は一人もいなかった。

『……金《ジン》公子？』

ずっと頭を下げ拱手《きょうしゅ》の姿勢を貫いていた使節団の面々が動揺してキョロキョロと辺りを見回す。

その中で一人だけ、ピクリとも動かない男がいた。

『金《ジン》公子！　おいっ！　こんなところで寝るな！　金黙犀《ジン・モーシィ》！　起きろっ!!』

異国の国王と自国の皇太子が面会する場で立ったまま居眠りしていた釧の公子金黙犀は、皇太子に揺さぶられて漸く目を開けた。

『……ああ、話は終わりました？』

呑気《のんき》に欠伸をしながら目を擦《こす》る公子に、皇太子紫鷹は今度こそ血管がブチギレそうになる。

『久しぶりねぇ、金《ジン》公子』

盛大な欠伸で周囲の注目を集めた公子へ向けて、シュリーは淡々と声を掛けた。

『あぁ、阿蘭《アーラン》（蘭ちゃん）じゃないか。久しぶりだな。まだ生きていたのか、とても残念だ』

のんびりした口調の昔馴染みに、シュリーは鉄壁の笑顔を向ける。

『その馬鹿げた呼び名で呼ばないで頂戴と昔から言っているのだけれど。貴方も相変わらずですこと』

『おっと、これは失礼。君はこの国の王妃になったんだった。気安く呼ぶのは控えるよ』

表面上は笑顔だが、どこか殺伐とした雰囲気の二人の会話。

レイモンド以外には見分けがつかないだろうが、シュリーのその笑顔は本気で苛立っている時の笑顔だった。

非公式とはいえ愛する妻に許婚がいたと知り面白《おもしろ》くない思いだったレイモンドは、シュリーの言う通り本当に二人の間には何もないのだと確信して一先ず息を吐いた。

『それにしても意外ね。まさか面倒臭がりの貴方がこの国に来るとは思っていなかったわ』

『正直に言って、僕も迷惑してるんだ。何が悲しくてこんな西洋の果ての小国まで連れて来られなきゃならないのか。しかし、皇帝陛下の勅命とあらば逆らうわけにもいかないだろう？　上手《うま》いこと逃げ出して自由を得た君が羨《うらや》ましいよ、蘭蘭《ランラン》（蘭ちゃん）』

口調だけはゆったりとしつつも嫌味を言ってくる公子に向けて、シュリーの笑顔が更に威圧感を増す。

『いちいち巫山戯《ふざけ》た呼び名を付けないでと言っているでしょう。生身の女に興味が無いからって、礼儀くらい覚えないと。この先嫁を貰《もら》うことも一苦労でしょうね』

『ああ……。生きた女なんぞ要らぬと言うのに、金《ジン》の一族も皇帝陛下も僕を放っておいてはくれないんだ。最近ではあまりに煩《うるさ》いので、僕に興味のない君を娶るのも悪くないのでは……と思い始めていたんだが。どうやら僕と同類だと思っていた君は見事に相手を見付けたらしい。本当に君が羨ましいな、小蘭《シャオラン》（蘭ちゃん）』

その時、ふとシュリーからレイモンドへと目線を移した金黙犀と、レイモンドの視線がパチリと合わさった。

「…………？」

妙な悪寒を感じたレイモンドを守るように、シュリーがその視線を遮《さえぎ》り前に出る。

『私はレイモンド陛下の妃、セリカ王妃よ。この先は私のことをそうお呼びなさい。そして、私の愛する夫を穢らわしい目で見るのは止めて頂戴。まさか、私に半殺しにされた時のことを忘れたわけではないでしょう?』

『分かった。僕はまだ死にたくない。言う通りにするよ。それにしても……セリカ王妃か。君の旦那様は、なかなかにいい男じゃないか。君がそこまで本気になるなんて、少し興味が湧《わ》いてきたな。こんな小国まで来るのは本当に苦労したが、面白そうなことを見つけられて嬉《うれ》しいよ』

シュリーは金《ジン》公子の言葉を無視してレイモンドに向き直ると、その手を握り甘えるように擦り寄《よ》った。

「陛下、あの通りあの男は少々頭のおかしい奇人なのです。見てお分かりと思いますが、私とあの男との間には何の関《かか》わりもございません。そもそもあの男は、生きている人間の女には興味のない変態なのですわ。ですから陛下も無闇《むやみ》にあの男に近付いてはなりませんことよ」

「生きている人間に興味がない、とは?」

何やら物騒な言い回しが気になってレイモンドが首を傾げると、シュリーは呆《あき》れたように肩をすくめた。

「彼の家は道士の名家でして、こちらで言う魔術師の類なのです。その中でもあの男の才は一目置かれているのですが、あの男が好んで使う術は死者の魂を呼び戻す反魂術や、死体を操《あやつ》る趕屍《かんし》術など死に関わるものばかり。死体を見れば狂喜乱舞し、こねくり回して喜ぶような男なのですわ」

「………」

レイモンドは改めて異国の公子を見た。見た目はごくごく普通の、整った品の良さそうな顔立ちの男だが、少々普通ではない趣味を持っているらしい。釧には変わった男もいるものだ。

一方、公子や夫婦の会話から完全に蚊帳の外になっていた皇太子紫鷹は、静かに怒りを募らせていた。

『金《ジン》公子！　もっと他に言うことはないのか？　わざわざ貴殿を連れて来たのは何の為だと思っているのだ⁉』

釧を出発した時から今この時に至るまで、ずっと非協力的な態度の公子に苛立ちを露わにした紫鷹。それに対し、金黙犀は悪びれることなく答えた。

『いやいや殿下、僕如《ごと》きがあの女を動かせるわけないじゃないですか。何を言っても無駄ですよ。いくら僕が鬼才と言えど、朝陽公主の前では赤子も同然です。僕は死体が大好きですが、自分が死体になるのは御免なので』

当然のことのように言われ、紫鷹は頭痛を覚えながら深く溜息《ためいき》を吐いた。そして再び妹へと鋭い視線を向ける。

『おい、紫蘭。時に、この縁談話を持って来たフロランタナ公爵は何処だ？　元々この取引は公爵を主導に行われたはず。この件については公爵と話がしたい』

皇太子の問いに、レイモンドとシュリーは顔を見合わせた。

『……彼は死にましたわ』

シュリーが答えると、皇太子は驚きに目を見開いた。

『なっ⁉　死んだだと⁉　……で、ではフロランタナ公爵の側近、アルモンド小侯爵は何処だ⁉』

『彼も死にました』

シュリーが更に答えると、口をぽかんと開けた皇太子は徐々にその身を震わせ始めた。

『何故……まさか、お前の仕業か……！　雪紫蘭《シュエ・ズーラン》！　いったい何をしたんだ⁉』

『心外ですわね。特に何もしておりませんわ。彼等は罪に見合った罰を受けたまでですわ』

『罪だと⁉』

『釧が公爵とどのような取引をしていたのかは存じ上げませんが、彼等は先王陛下を暗殺したばかりか私の暗殺を企てた反逆者です。家ごと取り潰《つぶ》しになりましたわ』

それを聞いて、皇太子は頭を抱えた。

『はあ……。朝陽公主を暗殺？　無謀にも程がある。ただの死にたがりではないか。どうしてくれるのだ、取引の当事者がいなければ、釧側には損失しか残らないではないか……』

肝心の妹は国王に夢中で、その国王は得体が知れない。

釧から連れて来た協力者は無気力で、取引相手は既にあの世。

完全に八方塞《はっぽうふさ》がりの中、想像以上に最悪の事態だったことを認識した紫鷹は、頭を抱えながらも目の前の国王と妹に宣言した。

『とにかく！　我等は紫蘭を連れ戻す為にここに来た。手ぶらでは帰れん。何としてもお前を連れ帰るまでこの国に居座ることとする！』

勝手な兄の物言いに、白けた目をしたシュリーは夫の方を見た。

「迷惑なお人ね……。陛下、如何なさいます？　力尽くで追い出してよろしければ、今すぐにでもあの者達をこのアストラダムから叩き出してご覧に入れますことよ」

妻の言葉に、レイモンドは苦笑を漏《も》らした。

「いや。そなたの兄上ではないか。そのような手荒な真似はしなくていい。暫くは滞在を楽しんでもらってはどうだろうか。そなたの占いを受けて、もてなしの準備は整っているしな」

「……陛下がそう仰《おっしゃ》るのなら、暫くは様子を見ますわ」

こうして国王レイモンドの慈悲により、釧の皇太子一行はアストラダム王国への滞在を認められたのだった。

第三章　王妃の才器

皇太子一行の案内役を任されたリンリンとランシンは、挨拶《あいさつ》のため頭を下げたその瞬間から、目の前に飛び出して来た金黙犀《ジン・モーシィ》に口説かれていた。

『おお、凛凛《リンリン》に藍芯《ラン・シン》じゃないか！　二人とも相変わらず可愛《かわい》いな。あんなに人使いの荒い主人は見限って、早く僕のところにおいで』

『『…………』』

会う度に絡《から》んでくる公子に特に反応を返すこともなく、二人は黙々と与えられた仕事を熟《こな》した。

その様子をヤレヤレと呆《あき》れた目で見遣りながらも、皇太子は顔見知りの宦官《かんがん》に呼び掛ける。

『藍芯よ』

『はい、皇太子殿下』

素直に跪いた眉目秀麗な宦官を見下ろし、皇太子は懐《ふところ》から何かを取り出した。

『其方に陛下から書状を預かっている。忘れているわけはないであろうが、其方の主《あるじ》は朝陽公主《ちょうようこうしゅ》ではない。釧《セン》の皇帝陛下である。己《おのれ》の役割をよくよく考えろ。宦官である其方は、紫蘭《ズーラン》や凛凛とは違い、陛下に逆らえば命は無いのだからな』

押し付けられた書状を受け取ったランシンは、無言のまま頭を下げたのだった。

◇

国王レイモンド二世の即位一周年を祝う宴が近いこともあり、その準備のために国王の執務室に出入りしていたレイモンドの側近、ガレッティ侯爵、マドリーヌ伯爵、マクロン男爵は、突如押し掛けて来た釧の皇太子の目的を聞いて静かに怒気を漂わせていた。

「やはり……早々に追い出すべきではありませぬか」

「左様。我が国の王妃を連れ去ろうとは。そのようなこと、全国民が許しませんでしょう」

「今やセリカ王妃は我が国の女神。決して釧に帰すわけには参りません」

何の特産もない、西洋の小国の一つでしかなかったアストラダム王国は、セリカ王妃が嫁いできたこの一年にも満たぬ間に目覚ましい発展を遂げた。

釧のシルクや陶磁器が人気を博していた西洋諸国の中で、初めてシルクや磁器の生産を成功させ、貧民街を立て直し、様々な事業を拡大させて国全体の景気を爆発《ばくはつ》的に上昇させた王妃のその手腕は神業であり、そのカリスマ性で社交界を纏《まと》め上げ、国民からの絶大な人気と信頼を得る前代未聞の王妃。

今更返せと言われたところで返せるはずもない。

たとえ釧との全面戦争になろうとも、絶対にセリカ王妃を守り抜く。

気迫を滲《にじ》ませる面々に、レイモンドは苦笑を漏《も》らすばかりだった。

「そこまで深刻に考えなくてもよい。何より王妃自身が釧に帰る気はないのだ。王妃を無理矢理どうこうしようとする者はいないであろう」

「それは……」

セリカ王妃が様々な知識と能力を有していることは既に知られており、アストラダム史上稀に見る魔力を持つ魔塔主のドラド・フィナンシェスを弟子にする程の魔術の才や、武術に定評のあったアルモンド卿をいとも簡単に制圧した強さは国民のよく知るところとなっていた。

それらは伝説になりつつあり、一部の噂では空を飛べるだとか、千里眼を持っているだとか、荒唐無稽な話まで出回っている程だった。

そんな王妃が、釧ではなくアストラダムを選んでいるのだ。考えてみれば、何も心配する必要がないのではないか。

釧の皇太子が力尽くで連れ出そうとしたところで、返り討ちに遭うのが目に見えている。

そこまで考えたレイモンドの側近三人は、取り敢《とあ》えず胸を撫で下ろした。

セリカ王妃がアストラダムを見限ることは絶対に有り得ない。

何故《なぜ》なら、この国の国王は他でもないレイモンド二世その人だからだ。

周囲が砂糖を吐く程に甘ったるくベタベタに愛し合っている国王夫妻を引き離そうものならば、怒り狂った王妃が世界を破壊しかねない。

そう思わせる程度には、あの王妃はこの国王に心底陶酔し惚《ほ》れ込《こ》んでいるのだ。

つまり、レイモンドが国王である限り、セリカ王妃がこの国を去ることは有り得ない。

「どうやら、そこまで気にする程のことではないようですな」

「確かに。王妃のご親族として、陛下の即位一周年の式典に参列して頂くと思えば、ただの国賓に過ぎません」

「そういえば、釧からの突然の訪問ではありましたが、何故陛下は事前に準備を進められていたのですか？」

素朴な三人の疑問に、レイモンドは嬉《うれ》しそうに答えた。

「ああ、それは。王妃が占いで言い当てたのだ。釧から客人が来ると」

「なんと！　王妃様は未来を見通す才能までお有りなのですか？」

「王妃様が千里眼を持つという噂も頷けますな」

「やはり、王妃様がいれば何も恐れることはないようです」

表情を明るくさせた三人は、釧の厄介な客人のことは放っておくとして、検討すべき式典の話し合いを始めたのだった。

◇

「そういうわけで、今回の式典は盛大に行う予定です」

「ふむ。……少々大仰過ぎやしないか？」

マドリーヌ伯爵が主導となり進めているレイモンド二世の即位一周年式典について報告を受けたレイモンドは、その規模の大きさに頭を抱えたくなった。

「いいえ。これくらいが丁度良いのです。今や我が国は王妃様のお陰で西洋中の注目を浴びています。この機を逃す手はありません。陛下の権威を国内外に知らしめるのです！」

ここぞとばかりに力説するマドリーヌ伯爵を見て、レイモンドはこれも王の務めかと諦《あきら》めることにした。

「この件については伯爵に任せる。良いように進めてくれ。それにしても、これでは即位式の時より余程派手になりそうだな」

「その、陛下の即位式は……」

言い淀むマドリーヌ伯爵の言わんとすることは、その場にいる誰《だれ》もが分かっていた。

一年前、レイモンドが早急で簡素な即位を強いられた背景には、先王の崩御とフロランタナ公爵の思惑があった。

先代の国王であった父と、王妃だった母、王太子であった兄。家族を一度に亡くしたレイモンドは、失意の中で見せかけの王冠を押し付けられるようにして即位した。

全《すべ》てはレイモンドの家族を死に追いやり、いずれ自分が王位に就こうとしていたフロランタナ公爵の策略であり、レイモンドの権威を貶めるために即位式は敢えて縮小され粗末に行われた。

当時のことを思い出し、レイモンドは静かに虚空を眺めた。

当時、叔父であるフロランタナ公爵に軽んじられることは、レイモンドにとってそこまで苦痛なことではなかった。そんなことよりも、レイモンドは家族を失ったことが何よりも辛かった。

父と母と兄のことを、レイモンドは心から愛していた。

家族の温かみを知っていたからこそ、それを失った苦しみでレイモンドの世界は一瞬にして色と温度を失くした。

しかし、悲しみに囚われている暇もなく、レイモンドの元に異国の姫君が嫁いでくることになった。それが他でもないセリカ王妃であり、レイモンドが何よりも愛する妻、シュリーだった。

シュリーのお陰でレイモンドの人生は色と温度を取り戻し、家族を失い全てに絶望した悲痛な夜は終わりを告げたのだ。

「陛下……」

「ああ、すまない。問題ないのでそのまま進めてくれ」

側近達の心配そうな目線に気付いたレイモンドは、昏い瞳《ひとみ》を払い除けて明るく微笑んだ。

「そなた達には苦労を掛けるが、宜しく頼む」

紆余曲折を経てレイモンドに忠誠を誓った側近の三人は、国王の信頼に応《こた》えるため決意を新たに頭を下げた。


政務を終えたレイモンドが愛する妻の元に向かおうと腰を上げたところで、釧の皇太子一行の案内役を終えて控えていたランシンが視界の端に入った。

元々シュリーの従者であるランシンは、眉目秀麗なだけでなく非常に有能で、武の才もあるという。

そのためシュリーは護衛も兼ねてよくレイモンドの元にランシンを遣わせていた。

有能なランシンが側にいて特に困ることもないので、レイモンドは妻の厚意を素直に受け入れて好きにさせている。

妻のために釧の言葉を覚えた際には、ランシンに随分と助けられた。

そういった経緯もあり、レイモンドは常に妻の側を離れないリンリンよりも、このランシンとは少なからず打ち解けていると思っていた。

「ランシン。何かあったのか？」

そんなランシンが、その日は妙に沈んで見えた。

国王からの思いがけない問いに、ランシンは珍しく驚いた顔をしてレイモンドを見上げる。

妻と同じように美しさの中にも幼さの残るその顔立ちを見て、レイモンドはいつも生真面目《きまじめ》で無口だが頼り甲斐のある彼が、急に少年のように思えてきた。

確かシュリーの話では、ランシンはレイモンドよりも歳下《としした》なはず。

余計に心配になったレイモンドがランシンの前に来ると、戸惑いながらもランシンは口を開こうとした。

しかし、何かを言い掛けたランシンは声を出すこともなくそのまま口を閉ざしてしまう。

「ランシン、何か悩みがあるのなら……」

「陛下!!」

と、そこで、息を切らした世話役のドーラが盛大な音を立てながら執務室の扉を開けて走り込んできた。

「陛下、一大事です！　今すぐ来て下さい！　王妃様がっ‼」

顔面蒼白のドーラに、レイモンドの体温も急降下する。

まさか、シュリーの身に何かあったのか。取り乱すドーラから事情を聞いたレイモンドは、ランシンと共に執務室を飛び出したのだった。

◇

「シュリー！」

夫婦の寝室に駆け付けたレイモンドは息を切らせながら、寝台に横たわるシュリーの元へ一目散に駆け寄った。

そこには気怠げに寝転ぶ妻が、面白《おもしろ》いものを見るような瞳をレイモンドに向けて待っていた。

「あら、陛下。そんなに焦《あせ》って如何なさいましたの？」

「ハアッ……ハアッ……そなたが、わざわざ医者を呼んだと聞いたのだ。どこか悪いのか？　大事ないか？」

今まで病気どころか馬車ごと崖から落ちた時でさえ擦《す》り傷《きず》の一つも負わなかった健康体そのもののシュリーが、医者を呼ぶなんて余程のことがあったのではないか。

神妙な面持ちでシュリーの両手を握るレイモンドを見て、シュリーは楽しそうにケラケラと笑い出した。

「大事ございませんわ。私の見立てだけでは少々確信が持てなかったものですから、念のため医者を呼んだのですが、間違いなさそうです。陛下、どうやら餃子の効果が今更出たようですわよ」

「…………餃子？」

何のことかさっぱり分からないレイモンドは、妻の言葉を反芻し記憶を辿《たど》った。

餃子。釧の料理で、以前シュリーが作ってくれたものだ。なかなかに美味だったのは覚えている。

確かあの時は議会の後で……と徐々に餃子の話を思い出し始めたレイモンド。

餃子は釧では婚姻式でよく食されるものだと聞いた。

【この餃子を食して交われば、子宝に恵まれると言われているからですわ】

あの時シュリーに言われた言葉を思い出して、レイモンドはハッと妻を見た。

「まさか」

ニンマリと微笑んだシュリーは、夫の手を取り自らの腹に導く。

「どうやら、その〝まさか〟のようなのです」

「…………」

シュリーの腹を見たまま放心したレイモンドは、何も言わず暫く呆然《ぼうぜん》としていた。

「陛下？」

思っていたのとは違う夫の反応が気になり身を起こしたシュリーは、レイモンドの黄金の瞳を覗《のぞ》き込んでクスクスと笑い出した。

「あらあら、まあまあ」

その柔らかな金髪に手を通し、愛する夫を胸元《むなもと》に抱き寄せるシュリー。

「まったく私のシャオレイは、泣き虫だこと」

そしてそのまま後ろに控えているドーラとランシン、リンリンに目を向けた。

三人が頭を下げて寝室から出て行くのを見送って、静かに肩を震わせるレイモンドへ口付けを落としていく。

愛する夫の子をその身に宿した王妃は、いつもの高慢で自信に満ち溢《あふ》れた調子で美麗に微笑みながら胸を張った。

「貴方様の家族を、二度と誰にも奪わせたりは致しませんわ。他でもないこの私がこの子を守り抜いてみせますのよ。ですからどうか、安心なさって下さいまし」

◇

同じ時刻、ガレッティ侯爵邸にて、ガレッティ侯爵夫人、マドリーヌ伯爵夫人、マクロン男爵夫人が神妙な面持ちで顔を突き合わせていた。

「……困りましたわねぇ」

「本当に。困りましたわ」

「私も困惑しております」

三者三様に頭を抱えた夫人達は、優雅な仕草でセリカ王妃がアストラダムに持ち込んだ工芸茶を飲むと同時に溜息《ためいき》を吐いた。

「シャーロット・エクレイア子爵令嬢……ですか」

「エクレイア家は王妃様がデビューされた昨年の社交シーズン、王都に来ていなかったのですわ」

「ですから王妃様のことをよくご存知ないのでしょうね……」

夫人達の話題に上っているのは、このところ社交界の片隅をほんのちょっぴり賑わせている人物だった。

「王妃様の気品、美貌、聡明さ、そして何よりあの恐ろしさを知る者ならば、決してあのような軽率な言動はしないでしょうに」

「あの噂がもし王妃様のお耳に入ったら……」

「考えただけで卒倒してしまいそうですわ」

「やはり、ここは何としても王妃様には隠し通すのです」

「そうですわね。他の貴婦人方にも協力をお願い致しましょう」

「王妃様を知っている者であれば、ことの重大さを理解して下さいますわ」

夫人達を悩ませている話題の令嬢の問題行動は、ある意味では、釧の皇太子一行の来訪よりもずっとアストラダム王国を危険に陥《おとしい》れる行為だった。

「……まさか、自分を陛下の恋人だと吹聴して回るだなんて。命知らずにも程がありますわ」

第四章 量才録用

国王レイモンド二世の即位からもうすぐ一年。

即位一周年の式典に向けて準備が進められる忙しない中で、王妃の懐妊という慶事。

一足先に報せを受けた国王夫妻に近しい者達はそれはそれは喜びに沸き立っていた。

これでこの国は安泰だ、と喜びを噛《か》み締《し》める一方、招かれざる釧《セン》の皇太子一行のこともあり、王妃の懐妊をいつ公表すべきかは意見が分かれた。

議論された結果、正式発表はレイモンド二世の即位一周年を祝う式典の際に行うことが決まった。

そんな中、渦中のセリカ王妃ことシュリーは変わらずに忙しい日々を過ごしていた。

「次の新作は男性用の釧風衣装を考えておりますの」

「あら、それは良いわね。丁度モデルになりそうな釧の使節団も来ているし、この際だから陛下と私の揃《そろ》いの衣装を作って頂戴」

シュリーの弟子達、マイエ、ベンガー、ドラドがそれぞれ王妃への報告を行う定期報告会。

懐妊について聞かされた三人は師へと盛大な祝辞を述べた。が、仕事人間の彼等は次の瞬間にはこの機を逃すものかと王妃へ仕事の相談を順に持ち掛け始めた。

忙しいシュリーとの時間は、彼等にとって何よりも貴重なのだ。

シュリーはそんな弟子達の態度に特に気を悪くすることもなく、いつものように話を聞いてやり、気安く接した。

「釧の男性衣装は西洋のものとは全く違っておりますから、もっと勉強させて頂きたいのですけれど、使節団の方々の衣装を間近で拝見することはできますでしょうか？」

「難しいことではないわね。手を考えてあげるわ」

「ありがとうございます、お師匠様！」

マイエがホッと胸を撫で下ろすと、その隣からベンガーがずいっと前に出た。

「王妃様、こちらも磁器の新しい図案を検討中です。何か革新的でより異国情緒に溢《あふ》れた図案はないでしょうか」

次はマイスン工房のベンガーがこれまで作った図案をシュリーに見せる。

「ふむ……そうね。絵付けはダレルが担当するのかしら？」

「ええ、彼は優秀ですから。新作は彼に任せようと思うのですが、何か参考になるようなものがあればと」

マイスン工房で専属の絵付け師として活躍するダレルとは、故フロランタナ公爵の子息であり、母である元フロランタナ公爵夫人と共に平民に降格されてセレスタウンに身を寄せている青年だった。

虚弱体質で難聴を患ってはいるものの、彼の絵の才能を見抜いたシュリーにより抜擢され、今ではマイスンから出る人気作はその殆どが彼が手掛けたものだった。

「分かったわ。それも何か手を考えましょう」

「助かります、お師匠様！」

王妃がそう言ってくれるのであれば、絶対にハズレの無い案をくれるだろう。

安心したベンガーは大人しく下がり、入れ代わりにドラドがシュリーの前に跪いた。

「お師匠様。お師匠様の仰《おっしゃ》った場所を確認しました。やはり、例のものが見つかりました」

「あら、そう。それは何よりだわ。運用には問題なさそうかしら？」

「恐らく。しかし、念の為分析中です。もう暫しお待ち下さい。それとランプの件ですが、少々手間取っております」

「何が問題なの？」

「お師匠様の考案された術式は完璧《かんぺき》ですが、魔力の使用量が多過ぎて実用化には不向きです。魔術に精通していない者が使用することを考えれば、もっと簡略化する必要があるのですが……」

「あれ以上、簡略化するですって？　充分簡単にしたつもりだったのだけれど。……普通の人間は、あれしきの術式も扱えないものなの？」

心底驚いたように呟くシュリーに、ドラドは無言ながらも目を逸らした。

シュリーはドラドと共に釧の魔術を融合させた新たな魔道具を開発中なのだが、正直に言って規格外なシュリーの基準で魔道具を作ろうとすれば、兵器級の威力と高度な魔術力が必要になる。

ドラドでさえ扱えない魔道具を実用化するのは非常に厳しい。

弟子の無言の落ち込みようにそのことを悟ったシュリーは、改めて目を閉じ頭を働かせた。

「ふむふむ、成程。よろしいわ。お前達の悩みを全《すべ》て一度に解決する方法を思い付きましてよ」

「ほ、本当ですか⁉」

「流石はお師匠様です！」

「……！」

「明日、同じ時間にここにいらっしゃい。その時までに準備をしておくわ」

頼もしい師に感激した三人は、深々と頭を下げてその場を辞した。と、そこへとんでもなく速足な国王レイモンドが入れ代わりにやって来る。

頭を下げる面々に手を上げて合図だけして、そのまま一目散に王妃の元へ向かうレイモンド。

「シュリー！」

「あら、陛下！　また来て下さいましたの？」

セカセカとそれはそれは驚きの速度でシュリーの元までやって来たレイモンドは、シュリーの隣に腰を下ろすと妻の体をあちこち確認し出した。

「どこか変なところはないか？　痛いところは？　苦しいところは？」

「つい先程お会いした時も問題ないとお答えしたばかりではありませんか。本当に大事ありませんわ」

時間を見つけては速足でシュリーの様子を確認しに来るレイモンドに、シュリーはニヤける頬をそのままにして楽しげな目を向けた。

「また仕事の話をしていたのか？　あまり無理をしないでくれ。そなたの体に何かあってはどうするのだ」

大真面目《まじめ》に言ってのけるレイモンド。

手に付かない仕事を無理矢理終わらせてはシュリーの元にやって来て、再び政務に向かったと思えばすぐにまた戻って来るレイモンドの方が余程無理をしているのではないかとシュリーは思うのだが、真剣な夫がどうにも可愛《かわい》くて困ってしまう。

「陛下、私はそこまで軟弱ではないと申し上げているではありませんか。身籠《ご》もっているとは言え、私の強靭さに変わりはありませんのよ。ですからそんなに心配しないで下さいまし」

クスクスと笑いながらシュリーがそう言えば、レイモンドは尚も真面目な顔で妻の手を取った。

「シュリー。私はそなたが強いことはよく知っている。そなたは誰《だれ》よりも強靭で、軟弱とは程遠い。しかし、それでも私はそなたのことを心配してしまうのだ。何故《なぜ》だか分からないか？」

「はて。何故なのですか？」

「そなたが大切だからに決まっているだろう」

「……ッ！」

「そなたが大切だから、ほんの少しも苦しい思いをさせたくない。いつも笑って健やかにいて欲しい。だからこそ、どんなに強くとも、私はそなたが心配で堪らない」

「シャオレイ」

頬を染めたシュリーをレイモンドが抱き寄せる。

この一連のパターンを本日四度も繰り返している二人。

毎回感激して目を潤ませるドーラと、無表情のリンリンとランシン、もう頼むからいい加減にしてくれと、王宮中を忙しなく動き回る国王に付き従って疲弊し切り白目を剝く護衛騎士達。

「そうですわ、陛下。少々お時間はございます？　これから散歩に行くのですけれど、ご一緒しませんこと？」

「散歩？　転んだらどうする気だ」

「ですから。これ、このように。手を繫《つな》いで下さいませ」

いつもの型に嵌《はま》ったエスコートではなく、指と指を絡《から》め合わせ、街中で歩く平民のカップルのように手を繫いで見せたシュリーは、悪戯な瞳《ひとみ》を夫に向けた。

愛してやまない妻のその顔に勝てるわけもないレイモンドは、シュリーの望むままに庭園へと向かったのだった。

◇

今日も今日とて、周囲の目を気にせずイチャつく国王夫妻。

王宮中の生温かい視線を感じながらも、目的を持って進むシュリーは、計算通りにお目当ての男を見付けた。

『これは幻覚かな。あんなに男を毛嫌いしていた朝陽公主《ちょうようこうしゅ》が男と手を繫いで歩いてるだなんて。寝過ぎて頭がおかしくなったんだろうか』

タイミングよく通り掛かった金《ジン》公子が、何とも言えない残念な目で二人を見る。

『幻覚でも何でもなくてよ。それに、貴方の頭がおかしいのは元からだわ』

『それもそうだ』

自分の頭がおかしいと自覚のある金《ジン》公子は、うんうんと頷《うなず》きながらもシュリーを見た。

『んー？　蘭蘭《ランラン》……じゃなかった、セリカ王妃様。この前会った時は気付かなかったが。君、何やら妙だな』

『あら、何かしら。貴方の戯れ言に構っている暇はないのだけれど』

『君から別の気配を感じる。ふむ……。君の莫大な霊力に隠れているが、君の中から別の霊力が溢れてるぞ？　誰かの霊力を取り込んだのか？　いや、これはどちらかというと……』

ブツブツと呟きながらシュリーの周りを回った金《ジン》公子は、繋がれたままのレイモンドとシュリーの手を見てあることに思い至った。

『ははあ。成程なぁ。君、孕んだのか。朝陽公主と異国の王の子……なんだ、滅茶苦茶面白《おもしろ》そうじゃないか』

手を叩《たた》いた金《ジン》公子は、ニヤニヤと仄暗い笑みを浮かべた。

『言っておくけれど、私の大切な家族に手を出したら命は無いものと思いなさい』

シュリーが微笑を浮かべたまま世間話のようにそう言えば、金《ジン》公子は溜息《ためいき》を吐きながら人差し指と中指、薬指の三本を立てて掲げた。

『分かってるよ。君には幼い頃に手痛い返り討ちに遭ってから逆らうつもりはない。君達に手は出さないと誓うよ。ちょっと面白そうだと思っただけだ』

シュリーに殺され掛けた経験のある公子は、自分とシュリーとの力の差をよく理解していた。故に素直に引き下がり、改めてこの国の国王夫妻を見遣る。

『それにしても、本当に仲が良いんだなぁ。こんなところで逢瀬かい？』

『陛下との逢瀬を楽しんでいたのは事実だけれど、貴方に用があったのよ。どうせ墓でも探して出歩いているのではと思って』

『よく分かったなぁ。西洋の墓を掘り起こして僵屍《キョンシー》を作ったらどんなものかと気になってね。あんまり問題を起こすと君の兄さんから怒られるから断念したんだが』

皇太子を兄さん呼ばわりする公子だが、他国で問題を起こしてはいけないという最低限の立場は弁えているらしい。ここまで黙って二人の会話を聞いていたレイモンドは、それよりも聞き慣れない単語が気になった。

『キョンシーとは……？』

レイモンドの反応が嬉《うれ》しかったのか、シュリーが説明しようと口を開く前に金《ジン》公子が満面の笑みでキョンシーについて話し出した。

『動く死体の化け物ですよ。ちょっとした術式と死体さえあれば作れるんです。まあ、多少凶暴で人を喰《く》らおうとするんですけどね。面白いですよ、ピョンピョン跳ねて可愛いったらない』

ニヤニヤと大好きなキョンシーを語る公子を見て、レイモンドは感心したような声を出した。

『ほう。釧には多様な術があるのだな』

『…………え、それだけですか？』

怖がるでも気味悪がるでもなくただただ感心するというレイモンドの反応に肩透かしを喰らった公子は、不思議そうな顔をする国王へ向けて更に言い募った。

『あー、他にも色々できますよ。例えば……貴方様のご両親や兄君は亡くなっていると聞きましたが、僕の手に掛かれば魂を呼び戻してあげられますよ。墓を掘り起こせば遺体を動くようにもできます。どうです、亡くなったご家族に会いたくはないですか？』

『いや、遠慮する。安らかな眠りを妨げたくはない』

即答した国王に、絶句した金《ジン》公子は困惑してその隣の王妃を見た。

『小蘭《シャオラン》、君の旦那様は何と言うか……変わっているな。今までこの手の話をしたら怯《おび》えられるか縋られるか激怒されるかだったんだが。こんなに普通に返答されたのは初めてだ』

本気で戸惑っているらしい公子に気を良くして、シュリーは胸を張った。

『当然でしょう。私の愛する夫をその辺の馬の骨と一緒にしないで頂戴』

『……君がこの国に居着く理由が分かった気がするよ。いいなぁ、楽しそうで』

指を咥えて羨《うらや》ましそうにする公子。そんな昔馴染みへと、シュリーはニヤリとほくそ笑んだ。

『だったら貴方もこの国に住めば良いじゃない。歓迎するわよ？　陛下もそう思いませんこと？』

『ああ、いいんじゃないか？』

『は？』

何を言い出すんだこの夫婦は、と驚く公子にシュリーは他者を魅了するような漆黒の瞳を向けた。

『貴方にとってその琥珀の腕環はそんなに価値のあるものなのかしら?』

『…………っ!』

それは一つの比喩だった。琥珀の腕環とは、金黙犀《ジン・モーシィ》が腕に通している金家《ジン》の跡取りの証しのこと。つまりシュリーは、公子に向けてそのまま窮屈で退屈な家を継ぐことに価値はあるのかと問うているのだ。

皇帝の寵愛と富、名声、権力、全てを恣《ほしいまま》にしながらも、何の未練もなく国を飛び出した朝陽公主。そんな彼女にそう言われたことが、金黙犀の心を強く揺さぶった。

『ここにいる間によくよく考えてみることね。ああ、そうそう。どうせ暇を持て余していると思って、誘いに来てあげたのよ。貴方に会わせたい者達がいるから、明日私のところに来てくれるかしら』

『はあ。どうせ暇だからいいけど……』

何かを企《たくら》んでいそうな王妃に警戒しつつ。公子は、あの朝陽公主が自分に会わせたい者とはいったいどんな人物なのか、好奇心に負けて頷いていた。

『では明日、使いをやるわ。上等な服を着て、柘榴を持って来て頂戴』

『柘榴?』

『どうせ貴方のことだもの。手荷物に忍ばせているのでしょう?』

『そりゃあ、あるけど……』

不思議そうにしながらも、やることのない異国での滞在にうんざりしていた公子は約束を交わしてその場を去った。


「そなたのことは信頼しているが、頼むから無理だけはしないでくれ」

夫から真剣にそう言われたシュリーは、愛しげに目を細めながら頷いた。

「分かっておりますわ。この身もこの腹の子も大切にしますから、安心して下さいまし」

繋いだ手に力を込めて美麗な笑みを見せるシュリー。

過保護を発動しつつもシュリーを縛り付けることは不可能だと理解しているレイモンドは、異国の公子が去って行った方角を見遣った。

「……金《ジン》公子は懐妊のこと、皇太子に話すだろうか」

「いいえ。あの男は基本的に面倒臭がりですから、火種になりそうなことをわざわざ兄様に話したりはしませんわ」

それを聞いたレイモンドは複雑な顔で妻を見た。

「そなたは彼のことをよく分かっているのだな」

ぼそっと呟かれたその言葉に、シュリーは瞳を煌めかせる。

「あらあら、まあまあ。妬いているのですか？」

「……少し。だが、そこまで心配も不安もない。そなたに相応《ふさわ》しい男は私だけだ。そうであろう？」

「勿論でございますわ！　陛下ったら、いつの間にこんなに頼もしくなられたのかしら」

口では茶化しながらも、見るからに嬉しそうなシュリーは、繋いだ手を引き寄せて夫の肩に身を寄せた。

「そなたのお陰で私も自分を信じることができるようになったのだ。それに……あの公子に関しては、そなたの許婚と聞いた時は不快だったが、今は何故だかそういう心配が全く起こらない」

それを聞いてシュリーは堪え切れずケラケラと笑い出した。

「ああ、まったく。私のシャオレイは。前から思っておりましたけれど、なかなか勘が鋭いお人ですわね。仰る通り、私と金黙犀には、絶対に何も起こりようがないのですわ」

◇

翌日、金《ジン》公子は、セリカ王妃の口車に乗せられてここまで来たことを後悔していた。

「まあ！　これはまた何と上質な刺繍なのかしら……！　ここの構造はどうなっているの⁉」

王妃の弟子だという服飾職人のマイエに身包《みぐる》みを剝《は》がされる勢いで衣服を観察され、際《きわ》どいところまで覗《のぞ》かれそうになる金《ジン》公子。

言葉も分からず、マイエの勢いにされるがままになっていた公子は、背後から感嘆の声が上がるのを聞いて虚《うつ》ろな目で振り向いた。

「これがザクロですか！　釧の磁器によく描かれているのはこの果物だったのか。こちらではアレは玉ねぎだと思われていたんですよ。まさか果物だったなんて」

公子が持参した柘榴は先程から陶工のベンガーの手に渡り、あらゆる角度から観察されていた。

しかし、それを手にしたシュリーがあろうことか公子の許可も得ずにザックリと実を割って中身を露わにしてしまう。

『ちょ、君！　それは僵屍の餌にしようとわざわざ釧から持って来た柘榴……』

「これは……！　なんと美しい！　真《ま》っ赤《か》なガーネットの粒がギッシリ詰まっているようだ」

公子の叫びは無視されて、零れ落ちた柘榴の赤い粒を見たベンガーが不思議な果実に興味津々で鼻息を荒くした。

その横で、ベンガーに連れられて来た絵付け師のダレルが一心不乱に柘榴をスケッチする。

「味も甘酸っぱくて美味ですのよ。ほら、陛下。食してみて下さいまし」

赤い果肉の粒を一粒口に入れて確かめたシュリーが、妻が心配で今日も来ていたレイモンドに実を食べさせてやる。

「うん。爽《さわ》やかな味わいだな。しかし、公子はこれをキョンシーの餌だと言っていなかったか？」

「ええ。あまり一般的な方法ではありませんけれど、金《ジン》公子はこの柘榴を餌にしてキョンシーを飼うのですわ。柘榴は元々その味が人の血肉に似ているといわれておりますの。ですから、人の血肉を求めるキョンシーの餌には打って付けなのでしょうね」

「人の血肉……」

それを聞いたレイモンドが二粒目に手を出すことはなかったが、幸いにも興奮しているベンガーには今の国王夫婦の話は聞こえていなかった。

「次回作の絵付けはこのザクロをメインにしましょう！」

ダレルのスケッチを見て興奮したベンガーが叫ぶ一方、金《ジン》公子は頭を抱えた。

『はあ……服は脱がされるし柘榴は食べられるし、もう滅茶苦茶だ。阿蘭《アーラン》……じゃなかった、セリカ王妃。僕そろそろ帰りたいんだけど……』

泣きそうな顔で訴える公子に、シュリーは例の鉄壁の微笑を向けて言い放つ。

『ちょっとお待ちなさい。あともう一人来るのよ』

『いや、もういいよ。どうせまた変なのにこねくり回されるんだろ？　君の言葉に騙《だま》されてやって来た自分を恨むよ。こんなことならどんなに暇でも部屋で寝ているんだった……』

『どうせ暇ならいいじゃない。私の弟子達の手助けをして頂戴』

残りの柘榴を守るように手に取った金《ジン》公子が勘弁してくれと抗議を口にしようとしたところで、突如突風が吹いたかのように扉が勢いよく開かれる。

「お師匠様、遅くなりまして申し訳ございません！　試作品をお持ちしました」

駆け込んで来たのはシュリーの魔術の弟子、魔塔主のドラド・フィナンシェスだった。

開発中の魔道具を改良するために徹夜したのか、普段から魔塔に閉じこもって青白い顔をしている男は、いつも以上に顔色が悪く、目の下には濃い隈ができていた。

そんなドラドを見て、金《ジン》公子の手からポトリと柘榴が落ちる。

「…………好《ハオ》」

数秒の沈黙の後、思わず呟きを漏《も》らした公子は、乱れた服装を急いで整えてドラドに近寄ると、今までののんびりした口調からは想像もできない早口で喋《しゃべ》り出した。

『この生気を一切《いっさい》感じない死人のような青白い肌！　暗く翳った虚な瞳！　まるで死んだ魚のようじゃないか。そして男なのに絶対的な陰の気配を漂わせる霊力。良い。実に良い。なんてことだ、まさかこんな理想の男がこの世にいるなんて！』

釧の言葉が分かるレイモンドは、これはまさか、と公子とドラドを交互に見てシュリーに目を向けた。

愛する夫からの無言の問いに気付いたシュリーは、楽しげに微笑んで頷いて見せる。

それだけで妻のやらかしたことを察したレイモンドは、ただただ苦笑を漏らした。

「ドラド。彼は釧の魔術師、金《ジン》公子よ。そのランプの術式を監修して貰《もら》おうと思って呼んだの」

二人の間に立ってドラドに公子を紹介したシュリーは、頬を染める公子に向けて釧語で説明した。

『彼はアストラダム王国の魔塔主で私の弟子、ドラド・フィナンシェスよ。私と一緒に魔道具を開発中なの。貴方にはこの術式を改良して欲しいのよ。夜になったら陰の気を燃料にして自動点灯するランプを作ろうと思うのだけれど、私の考えた術式では一般向けしないらしいわ。見てやって頂戴』

『彼の為なら何だってするさ。どれどれ……って、君。これは酷い。城を燃やす兵器でも作るつもりか？　たかだかランプにこんなに強力な術式を組み込んでどうするんだ。ちょっと直すよ』

開発中のランプに施されたシュリーの術式を見た公子は、そのえげつない術式を描き直してあっという間に簡略化させた。

『これでいいんじゃないかな』

金《ジン》公子が指を鳴らすと、ドラドが四苦八苦していた釧の術式を施されたランプは程よく明かりを灯した。

「……！　お師匠様、彼は天才ですか？　是非もっと釧の魔術を教えて頂きたいです……！」

何をやっても爆発《ばくはつ》しそうになるランプに絶望していたドラドは、一瞬にして金《ジン》公子へと尊敬の眼差《まなざ》しを向けた。

「勿論、彼は協力してくれるわ」

ニンマリと微笑んだシュリーは、公子へ向けて釧語で問い掛けた。

『彼は貴方にもっと色々教えて欲しいそうよ、金《ジン》公子？』

『いくらでも手解《てほど》きするよ！　ああ、もどかしいな。こんなことならアストラダム語を勉強しておくんだった！　今からでも遅くないか。王妃、ランシンを借りてもいいかい？　明日までにアストラダム語をマスターしてくるよ』

『そうね。それがいいわ。貴方には今後も何かと役に立ってもらうつもりですもの』

『任せてくれ！』

公子はドラドを見つめるのに夢中で、シュリーの物騒な笑顔には気付いていなかった。それどころか喜び勇んで頷く始末。

ドラドを見つめる公子の目は、完全に恋をしているソレだった。

「だから言いましたでしょう？　私とあの公子の間には、何も起こり得るはずがないのです。あの男は生きている人間の女には興味がない、断袖《だんしゅう》（男色）の気があるのですわ」

こっそりと夫に耳打ちしたシュリーを見て、レイモンドは笑うしかない。

「まったくそなたは……こうなると分かっていて二人を会わせたのか？」

「あの男の趣味は分かりやすいのですもの。そして何かに夢中になるとその事にしか頭がいかないタイプですから、暫くはこちらの言いなりになるでしょうね。人間としては色々と終わっている男ですけれど、道士としての才だけは本物なのです。これを利用しない手はないでしょう？」

打算的であくどく、慈悲もないシュリー。

そんな妻の姿にも惹《ひ》かれてしまうレイモンドは、相変わらず愛おしげな瞳をシュリーに向けながら頷いた。

「確かに。そなたがそう言うのであれば、彼をこの国に留めておくのも良いのであろうな」

そしてレイモンドは、妻の思惑を後押しすべく公子へと声を掛けた。

『金《ジン》公子……金黙犀殿。協力に感謝する。これからも王妃の弟子達を手助けしてやってくれるだろうか』

『あー。それは構いませんけど。その金黙犀と呼ぶのは止めてくれませんか。金木犀みたいな字《あざな》で好きじゃないんですよ。もう面倒だから、今後は僕のことを金益《ジン・イー》と名で呼んでくれていいので』

すっかり気を許した公子がそう言えば、レイモンドは目を瞬かせた。

『しかし……名で呼ぶのは相手の魂を支配する無礼な行為ではなかったか?』

『ふん。名で呼んだくらいで魂を支配されてちゃ堪らないですよ。僕は僕だ。いちいちそんな迷信に怯えるわけないでしょう』

当たり前のようにそう言ってのける異国の公子を見て、レイモンドは目を細めた。

『ではこれから宜しく頼む、ジーニー』

そう呼び掛けられた公子は一瞬だけ惚けた後、クスクスと笑うシュリーを見て観念したように苦笑した。

『はい、宜しくお願いします。国王陛下』

第五章 才華爛発

シャーロットはその日、苛立った様子で王都のタウンハウスに帰宅した。

シャーロットの父であるエクレイア子爵は自他共に認める親バカで、成人も過ぎたいい歳《とし》の娘が子供のように頬を膨らませている様を見ても尚、外で何かあったのではと心配して駆け付ける。

「どうしたんだい、シャーロット。何か嫌なことでもあったのか？」

「嫌なことですって⁉　そりゃあ、あったわ！　何もかもお父様のせいよ！」

自称〝世界一カワイイ顔〟の鼻に皺を寄せて、シャーロットは金切り声を上げた。

「いったい、何があったんだ？」

「お父様が去年の社交シーズンは領地に籠《こ》もると言ったせいで、私の人生計画は滅茶苦茶だわ。見てよコレ！」

シャーロットが父親に投げ付けたのは、ドレスのカタログだった。

「なんだ、欲しいドレスがあるなら好きなだけ頼むといいじゃないか」

「違うわ！　そんな当たり前のことはどうでもいいのよ！　問題は、王都で流行っているドレスよ！　ちゃんと見て！」

娘に言われ、子爵は改めてカタログに目を通した。

アストラダム王国で最も有名な職人、マイエの店のカタログ。よくよく見てみると、そのカタログの半分以上を見慣れない形のドレスが占めていた。

「『セリカ王妃モデル』……？　こんなものが王都では流行っているのか。なんと嘆かわしい」

子爵は女性のファッションには詳しくないが、娘が苛立っているということはあまり良いドレスではないのだろうと、取《と》り敢《あ》えず否定的な言葉を口にした。

するとシャーロットは父の手からカタログを引ったくり、耳が痛くなるような声を上げた。

「ドレス自体はとっても可愛《かわい》いわよ！　問題は、誰《だれ》もそのドレスを私に売ってくれないことよ！　どこの店も、私が国王陛下の恋人だって言ったら、私に売るドレスはないって言うのよ⁉」

ヒステリックに叫んだシャーロットは、オロオロとする父にここ最近シャーロットの周りで起きていることを愚痴り出した。

「ドレスだけじゃないわ。王都中の誰も、私をお茶会に呼んでくれないのよ！　呼び忘れてたのかと思って、気を利《き》かせてわざわざ乗り込んであげたら皆んな口を揃《そろ》えて言うの。『王妃様を敵に回したくないから帰ってくれ』ですって！　どういうこと⁉　この可愛いドレスだって、名前を見たら『セリカ王妃モデル』って書いてるじゃない！　この国はいつの間にあんな異邦人の王妃に毒されたの⁉」

丸めたカタログで父を叩きながら、シャーロットは暴《あば》れに暴れた。

「それもこれも、お父様が去年領地に籠もったせいよ！　そのせいで私のレイ様があんな野蛮人と婚姻しちゃったんじゃない！　あのまま順当にいけば、私が王妃になれていたのよ⁉　それを……！」

「お、落ち着くんだシャーロット、私の可愛いシャーリー。去年は仕方なかったんだよ。説明したじゃないか。我が家門と親しくしていた者達がフロランタナ公爵に粛清されたと。我々が去年王都に来ていたら、同じ目に遭っていたかもしれない。先王陛下がお亡くなりになり、色々と大変だったんだよ」

娘を宥めるエクレイア子爵は、冷や汗を拭った。

というのも、子爵自身も王都や王宮の変わりように度肝を抜かれていたからだった。

たったのワンシーズン。社交の場から遠ざかっただけで、エクレイア子爵家は社交界からも政界からも取り残されてしまっていた。

昨シーズンのうちに何があったのかは風の噂で聞いたが、到底信じられるような内容ではなかった。

東洋から嫁いできた野蛮人の王妃があれやこれやを改革してあっという間に国民の支持を得て、あの恐ろしいフロランタナ公爵を死に追いやった……と。

あまりにも真実味のない話に、子爵はこの国に何があったのかと頭を抱えた。

子爵は、娘のシャーロットがアカデミー時代に現国王のレイモンド二世と親交を深め、親密な交際を経て結婚の約束までしていたという話を信じていた。

だからこそ、娘を守る為にもフロランタナ公爵から隠そうと領地に籠もったのだ。

それが何故《なぜ》、こんなことになっているのか。

今王都を歩けば誰もが王妃を讃《たた》え、貧民街があった場所には巨大な街が出現している。

しかも、噂では国王と王妃は互いに深く愛し合っているというじゃないか。娘のシャーロットというものがありながら、国王はいったい何をしているのか。

何よりも大切な娘がこんな仕打ちを受けていることは、子爵には耐《た》え難《がた》い苦痛だった。

「野蛮人の王妃が、私のレイ様を誑《たぶら》かしたに違いないわ！　そうして貴婦人達を騙《だま》して取り巻きにして、王都の店まで巻き込んでレイ様の真の恋人である私を虐めているのよ！　なんて性悪な女なのかしら……！　許せないわっ！」

地団駄を踏んだいい歳の令嬢は、使用人達が耳を塞《ふさ》いでしまう程の金切り声で叫び散らした。

「お前の話はよく分かった、シャーロット。もうすぐ行われる陛下の即位一周年を記念する式典には、全家門が招待されている。そこで陛下にお会いできれば、陛下も愛するお前の現状を知りお力を貸して下さるだろう。噂では、何やら王室から重大発表があるらしいが……」

その重大発表とは、巷では王妃ご懐妊の発表ではないか、と暗黙の了解のように国民が期待に胸を躍らせながら水面下でお祝いの準備を始めているのだが、この親子にはそんな可能性を考える頭がなかった。

「まあ！　重大発表ですって⁉　それってきっと、私のことだわ！　レイ様が野蛮人を追い出して、私を王妃に迎えるって宣言をされるのよ！　きゃー！　こうしちゃいられないわ！　早く準備しなくちゃ……って、肝心のドレスが買えないのよっ！　もう、お父様、何とかしてよ‼」

「そ、そうだな！　取り敢えず、式典に向けてドレスだけでも何とかしなければ……」

エクレイア子爵は、愛娘の為に対策を考えるのだった。

◇

国王レイモンド二世は、愛する妻であるセリカ王妃を見て深い深い溜息《ためいき》を吐いた。

その姿が、あまりにも美し過ぎたのだ。

「陛下、如何なさいましたの？」

「いや……、そなたの美しさに心臓が止まりそうだ」

大真面目《まじめ》なレイモンドの言葉に、シュリーは大きな瞳《ひとみ》を見開き、次の瞬間にはクスクスと笑い出した。

「何を言い出すかと思えば……貴方様こそ、今日は誰よりも輝いていらっしゃいますことよ、私のシャオレイ」

生地から揃いで作られた衣装に身を包んだ二人は、互いに見惚《みほ》れながらレイモンドの即位一周年を祝う式典に向かった。

「初めて夜会に出た時のことを思い出しますわね」

すっかり慣れ親しんだ夫のエスコートを受けながら歩く王妃は、初夜の翌日に急遽引っ張り出された夜会のことを思い出して懐かしそうに目を細めた。

「あの時だったか、比翼連理の話をしてくれたのは」

「左様ですわ。自信を失ってしまっていた陛下が、こんなにも頼もしくなられるだなんて。貴方様を片翼に選んだ私の目に狂いはなかったようですわね」

空にあっても地にあっても、決して離れることはできない夫婦の契りを交わした二人は、互いの目を見て微笑み合った。

「シュリー、この先も一生こうして私の隣にいてくれ」

「今更何を言うのです。一生どころか来世のお約束もした仲ではございませんか」

強く手を握られたシュリーが戯《おど》けて答えれば、レイモンドは真剣な目で妻を見つめた。

「そなたは強く自由で美しい。いつか、その翼を広げて一人で飛び立ってしまうのではないかと、時々不安になる」

思ってもみない夫の言葉に、シュリーは一瞬虚を突かれた。

確かに、嫁いで来た当初なら、そんな考えもあったかもしれない。

しかし、今はこの男と離れるなど、考えただけで身を切られるような悲痛に襲われる。それ程までに、シュリーはレイモンドのことを深く愛してしまっていた。

「陛下、貴方様なしで生きられないのは、私の方ですわ」

引き寄せた夫の手に頬を寄せ、シュリーはいつも浮かべている微笑もなくし、切なげな瞳を夫に向けた。

「シュリー？」

「……私の片翼を捥ぎ取り、私の中に強く根を張り雁字搦めにしたのは他でもない陛下です。何者にも踏み込ませない高嶺の花、朝陽公主《ちょうようこうしゅ》だった私を地に落とし、ただの女にしたのは貴方様だわ。

残酷な人。貴方様の所為で私は一人で飛ぶことはおろか、歩くことすらままならないというのに。ここまで私を縛り付けておいて、まだ私が貴方様なしで生きられると思うだなんて、とんだ思い違いよ。お分かりになりまして？」

レイモンドは思わず妻を抱き寄せていた。

華奢《きゃしゃ》な体は初めてそうした時と変わらないはずなのに、すっかりレイモンドの手に馴染み、その甘い香りも今では嗅ぎ慣れてしまった。

落とした口付けでさえ、初めてした時の突き刺すような高揚はなく、ただただ甘やかで幸福なだけの慣れ親しんだ行為になっていた。

移った紅に気付いたシュリーが、夫の口元を拭いながらクスクスといつもの笑みを浮かべる。

「私のシャオレイは、本当に可愛らしいこと」

自分の世話を焼く妻の楽しげな瞳を甘んじて受け入れながら、レイモンドは無意識に呟いていた。

「愛している」

ピクリと手を止めたシュリーは、顔を上げずに素っ気なく答えた。

「ええ。よくよく存じ上げておりますことよ」

しかし、その頬も耳も朱色に染まっていて、照れ隠しをしていることは明白だった。

「そうか」

「……そうですわ」

そんな妻を愛おしげに見つめながらレイモンドがそう言えば、シュリーは何でもないことのように頷《うなず》いて、再び手を動かし始めたのだった。


甘い。甘過ぎる。

式典の準備に奔走し、国王夫妻の準備の様子を見に来ていたマドリーヌ伯爵は、本気で口の中に砂糖の味がした。

イチャイチャと音がする程にデロデロに甘やかし合っている熱々の夫婦に割り入っていけるはずもなく。

一連のラブラブっぷりをただただ傍観するしかなかった伯爵は、ここに来てしまったことを後悔していた。

まだ少し時間があるとはいえ、何もこんなところで……と頭を抱えつつ、揃いの衣装に身を包み、荘厳な美を放つ仲睦まじい国王夫妻を見て、この国がいかに安泰であるかをしみじみと実感していた伯爵は、使用人達に目配せをして今暫く夫婦の時間を差し上げるように合図した。

と、そこへ。マドリーヌ伯爵の元に伝令がやって来る。

「ん？　妻が？」

何やら伯爵夫人が急ぎ伯爵に用があるらしい。普段から伯爵の忙しさをよく理解してくれている妻からの、式典直前の呼び出し。

何か緊急事態では、と眉間に皺を寄せた伯爵は、他の者にその場を任せて妻の元へ向かった。

「あなた！」

「どうしたんだ、何かあったのか？」

訝しげな夫に、伯爵夫人は焦《あせ》った様子で耳打ちをした。

「エクレイア子爵と子爵令嬢を今すぐに追い出して下さいませ。大変なことになりますわ！」

「なに？」

「それが……」

緊迫した様子の妻に面食らった伯爵は、妻の話を聞いて絶句した。

「本当にそんな命知らずの令嬢がいるのか？」

ところ構わず自分は陛下の恋人だと吹聴しているというエクレイア子爵令嬢の話を聞き額を押さえたマドリーヌ伯爵に、伯爵夫人は神妙な面持ちで頷く。

「実は先程、シュクリム男爵夫人が泣きながら訴えて来たのです。シュクリム男爵令嬢が着るはずだったドレスが、隣のタウンハウスのエクレイア子爵と子爵令嬢に強奪されたと。その際に今日の式典で王室からエクレイア子爵令嬢が新王妃となる発表がある、だから新王妃に跪いてドレスを寄越せ、と言い張っていたらしいのですわ」

「…………馬鹿《ばか》なのか」

強盗を働いた上に王族侮辱罪及び不敬罪。

確実に処罰の対象だ。

しかし何がどうしたら王室からの重大発表がそんな馬鹿げた話にすり替わるのか。その辺の子供だって王室からの発表と聞いて王妃様がご懐妊されたんだと喜んでいるというのに。

元々エクレイア子爵は評判の悪い男で、先王が崩御された際は貴族派に寝返るのも国王派として粛清されるのも覚悟がつかず、領地に逃げ込んだ卑怯《ひきょう》な男だった。

まあ、そもそも国王派を粛清したフロランタナ公爵は、エクレイア子爵家など眼中にもなかったのでそんな中途半端《ちゅうとはんぱ》な状態でも運良く生き延びたのだが。

その娘である勘違い令嬢が、何を以てそんな妄言を吐いているのか。

本気で頭の痛くなってきたマドリーヌ伯爵は、自分に伝えるという判断をしてくれた妻に感謝した。

「令嬢の悪評は有名でしたが、王妃様のご懐妊さえ公表されれば令嬢も諦《あきら》めるだろうと思っていましたのよ。けれど、それを発表するこの式典で騒ぎを起こすつもりだなんて。……あなた、一刻も早く対処した方がよろしいわ。騒動を起こすだけならまだしも、もし王妃様のお耳に子爵令嬢の妄言が入りでもしたら……」

伯爵はサアッと青褪めた。

自称レイモンド陛下の恋人、新しい王妃。そんな妄言を吐く令嬢とセリカ王妃が鉢合わせたりしたら……。

何とかしなければ、頭の痛い馬鹿な令嬢のせいでこの国は終わる。

「そうだな。ガレッティ侯爵やマクロン男爵にも協力を仰《あお》いで王妃様のお耳に入る前に食い止めねば。まあ、その辺で騒いでる分には令嬢が何を言ったところで真に受ける国民はいないだろうが……」

と、そこまで言い掛けて伯爵は言葉を止めた。

確かにこの国の民、それも国王夫妻を間近に見てよく知っている者であればある程、あの国王陛下が王妃以外を愛するなどと馬鹿げた妄言を信じることはないだろう。

しかし、この国には今、厄介な客人が来ている。

王妃の兄である、釧《セン》の皇太子。

もし彼が、この騒動を知ったら。ただでさえ王妃を釧に連れ戻す口実を探している男が、国王の不貞の噂を利用しない手はない。

最悪の場合、国王レイモンドの不貞を理由にセリカ王妃は釧に連れ戻され、国際問題に発展する可能性も。もしそんなことになれば……。

アストラダム王国は超絶有能な王妃を失い、東洋の大国釧との諍いを押し付けられる。

ついでに怒り狂った王妃による物理的な大損害を被り、更にその王妃は今、唯一の王族である国王の子を身籠もっているときた。

「最悪だ」

事態が想像以上に逼迫していることに気付いた伯爵は、妻に礼を言ってすぐさま駆け出したのだった。

◇

マドリーヌ伯爵からことの次第を聞いたガレッティ侯爵とマクロン男爵は、揃いも揃って青褪めながら、衛兵達も総動員し広い会場で傍迷惑な子爵親子を探し回った。

相手はただの貴族ではなく、強盗と不敬罪の容疑者。

容赦はするなと兵達には伝えたが、伯爵が盛大に準備した会場は広く、王宮の広場まで含めるととても令嬢一人を見つけ出すのは難しい。

そうこうしているうちに、国王夫妻の登場の時間がやってくる。

惜しみない拍手で迎えられた国王夫妻は、それはそれは美しかった。

揃いの生地で作られた衣装を身に纏《まと》い、王族特有の金髪を揺らし愛する妻を見つめる若く美しき国王レイモンド二世と、東洋人独特の黒髪を艶《つや》やかに結い上げて見る者全《すべ》てを魅了する美貌のセリカ王妃。

誰が見てもお似合いの二人は、うっとりとする観客に見守られながら中央まで進む。

止《や》まない拍手に手を振って応《こた》えながらも、事ある毎に互いを見遣る姿は仲睦まじく、何人たりとも入り込めない甘やかな雰囲気が漂っていた。

心から愛し合っているのだと、美しい二人に思わず見惚れてしまっていたマドリーヌ伯爵は、それどころではなかったと頭を振って再びお呼びではない勘違い令嬢の捜索に戻った。

しかし、一向に令嬢は見付けられない。

人が多過ぎる。

レイモンド国王の権威を見せつける為に盛大な式典を用意し全家門を招待したのは他でもない伯爵自身。

何としても、何としても大惨事だけは食い止めなければ。そんな思いで伯爵は仲間達と人混みを掻《か》き分《わ》けた。

式典自体は滞りなく進む。

大神官が国王陛下の即位一周年を祝う言葉を朗読し、騎士達が改めて国王夫妻に忠誠の剣を捧げた。

この後は国王陛下の演説の中で王妃の懐妊を国民に告げ、それからバルコニーでのお披露目や王都からセレスタウンを経由する盛大なパレードを予定していた。

予定通りに演説を始めた国王レイモンドは、愛する妻を引き寄せてその声を響かせた。

「ここで皆に喜ばしい報せがある。この度、私の愛する王妃が――――」

しかし、次の瞬間。

会場中が期待に胸を膨らませてその言葉を待つ中、国王の言葉を遮《さえぎ》るようにして場違いな甲高い声が上がった。

「レイ様！　大事な私のことを忘れてるわよ！」

意味不明な叫びに、国王の言葉が止まる。人混みの中、大声で叫びピョンピョンと跳ねる一人の令嬢。周囲の訝しげな目がその令嬢に向かっていく。

「レイ様！　レイ様！　私はここよ！」

それにも拘《かか》わらず大胆に手を振る令嬢。このタイミングで声を張り上げるだなんて。想像以上の愚かさと絶望にマドリーヌ伯爵はこの世の終わりが見えた。

――――間に合わなかった。

「あなたの恋人、新しい王妃のシャーロット様よ！」

会場中が、静まり返った。

見たことがあるような、ないような。よく知らない令嬢が飛び跳ねながらとても奇妙なことを口走っている。

何が起きたか分からず耳障りな声に眉《まゆ》を顰《ひそ》めたレイモンドがふと感じたのは、凍えるような冷たさだった。

抱き寄せていたシュリーから、異様な冷気が発せられている。

「シュリー……？」

冷たい。

あまりにも冷た過ぎる。

指先から這い上がる凍り付くような冷たさにハッとしたレイモンドが呼び掛ければ、美貌の王妃は氷のように冷たい瞳《ひとみ》を例の令嬢に向けていた。

「……她是誰？」

「シュリー、落ち着いてくれ。そんなに体を冷やしたら……」

「我不能静下心来！」

王妃が異国の言葉で叫んだ次の瞬間、式典の会場はパニックに陥《おちい》った。

晴れ渡っていた王都の空に突如として暗雲が立ち込め、耳を劈《つんざ》くような激しい雷鳴と共に目が眩む程の稲妻が走ったのだ。

何処からともなく悲鳴が上がる。

暗闇《くらやみ》と轟音と落雷。

それらが交互に王宮を襲い、その衝撃であちこちの調度品は破裂して散らばり、窓ガラスは割れ、地面は激しく揺れた。

立っていることもままならない程の猛烈な雨と暴風が割れた窓から吹き荒れ、仕舞いには大きな地鳴りまで。

王宮の豪華な床にはビキビキとヒビが入り、まるでこの世の終焉のような有様に、あちこちから恐怖に泣き叫ぶ声が聞こえている。

先程までの和やかで煌びやかだった平和な式典は、一瞬にして地獄と化した。

「なに、なに!?　何なのよー!?」

風に煽られ雨に打たれ、調度品の破片が降って来たかと思えば地割れに躓きドレスは破れ、雷がすぐ近くに落ちて髪の先が焦《こ》げて……と、まるで見えない何かに揉《も》みくちゃにされているかのようなシャーロットは、金切り声を上げて逃げ惑っている。

「シュリー!!」

そんな阿鼻叫喚の中、レイモンドは氷のように冷え込んでいく妻の体を抱き締めた。

シュリーはそこに立ってはいるが、その瞳には何も映っておらず、ただただ莫大な力を発するだけで、我を忘れてしまっているようだった。

触れたところから凍て付いていきそうな程に冷たいシュリー。

その魔力の圧でレイモンドの頬《ほお》には傷ができたが、そんなことはどうでも良かった。

この悲惨な状況がシュリーの心境の表れかと思うと、レイモンドは胸が苦しくて居ても立っても居られなかった。

頭のおかしな令嬢のせいで、愛する妻がこんなにも傷付いてしまっている。

言いようのない怒りを覚えながらも、レイモンドは何も見えず聞こえていない無反応な妻を、強く強く抱き締め何度もその名を呼び掛けた。

我を失いこの惨状を引き起こしていたシュリーは、レイモンドの体温を感じて何も映さない夜闇《やあん》のようだった目を瞬かせた。

僅かに光を取り戻し揺れた瞳が、自らの霊力によって傷付いた夫の血を見付け、シュリーはやっと我に返った。

「シャオレイ」

夫に抱き締められたその状態で辺りを見回したシュリーは、あまりの怒りとショックで自分の力が暴走していることに漸く気付く。

「……あらあら。少々やり過ぎてしまいましたわね」

王妃の呑気《のんき》な声が響いたかと思うと、次の瞬間には何もかもが元通りになっていた。

割れたガラスは元に戻り、散らばった調度品は品良く元の位置に収まり、床のヒビはくっついた。怪我《けが》をした者も服や髪が濡《ぬ》れて乱れた者達も全《すべ》てが何事もなかったかのように元の状態に戻っていく。

レイモンドの頬にできていた傷も綺麗《きれい》に塞《ふさ》がっていた。

今の地獄絵図は夢だったのかと、誰もがぽかんとする中でただ一人。

例の令嬢だけは、故意か態《わざ》とか意図的か、びしょ濡れで髪はグチャグチャ、ドレスは大きく裂けたボロボロの状態で会場の中央に倒れ込んでいた。

厚化粧が雨に濡れてデロデロと溶けたその顔は、とても見られたものではなかった。

「何をしている、早くあの女を捕らえろ」

周囲が呆気《あっけ》に取られる中で、国王レイモンドから今まで聞いたこともないような冷たい声が出る。

想像以上の大惨事に唖然としていたマドリーヌ伯爵は、慌てて衛兵達と共にボロボロのシャーロットを縛り上げた。

「ちょっと！　何するの⁉　レイ様！　コイツらを何とかしてよ！」

悲鳴じみたシャーロットの懇願に、レイモンドは汚らしいものを見るような目で顔を顰《しか》めた。

常ならば優しげな表情を見せるその顔には、不快極まりないと書いてあるかのようだった。

「いったいこの女は何処の令嬢だ？　国王である私に対する不敬、侮辱。公の場で有りもしない妄言を吐き、更には私の言葉を遮《さえぎ》るという愚行。何よりも私の愛する王妃を傷付けるようなその言動。決して赦せない。マドリーヌ伯爵、素性を調べて家門ごと厳罰に処せ」

「はっ、仰せのままに」

温和な国王の鋭い命令に、伯爵は深く礼をした。

「何を言っているの⁉　私は新しい王妃……ッンンー⁉」

「どういうことだ⁉　国王陛下は私の娘に夢中なはずでは……ッンンー⁉」

煩《うるさ》い口を塞がれて、シャーロットは一瞬にして惨めに取り押さえられた。

ついでとばかりにその隣で恐ろしいことを喚き出したエクレイア子爵も縄を打たれて床に押し付けられている。その様子を見届けるわけでもなく、シュリーは夫に背を向けた。

「……私、何だか疲れましたわ。式典の途中ですけれど体調が悪いので今日はもう休ませて頂きますわね」

「シュリー！　待ってくれ！」

一人で行こうとしたシュリーの手を慌てて摑《つか》んだレイモンド。

その体に体温が戻っていることにホッとしつつも、振り向いた妻の顔を見てレイモンドは目を見開いた。

「少し、一人にして下さいまし」

「………ッ」

顔だけ向けたシュリーの黒曜石のような瞳が、レイモンドを映すことはなかった。

目が合わず逸らされた視線。

いつも微笑を浮かべながら楽しげに見つめ返してくれる何よりも慕わしいその瞳が、今は全く自分を見てくれない。

鋭いナイフで刺されたように、レイモンドの胸がズキンと痛む。

そのまま手を解いて去ろうとする妻を、それでもレイモンドは離さなかった。

「陛下……？」

「……そのような顔のそなたを、一人にはしたくない。せめて部屋まで送らせてくれないか」

「シャオレイ……」

「どうか頼む、シュリー」

根負けしたシュリーは、夫のエスコートを受けながら歩き出した。

と、見慣れた衣装に身を包んだ集団の前まで来たシュリーは、その中の一人を見て足を止めた。

「ジーニー」

「……この状況で僕に話し掛けるのかい？」

釧《セン》の使節団の中に立っていた金《ジン》公子ことジーニーは、面倒臭そうな顔をしながらも国王夫妻の前に立った。

因みにシュリーの兄である皇太子は、妹の暴走に驚いて尻餅《しりもち》をついたままだ。

「貴方、昔から人豚を作ってキョンシーにしたいと言っていたわよね」

「ああ。それがどうしたんだ……ってまさか君」

「あそこにいる雌豚、貴方に任せるわ」

ボロボロな上に縄で縛られた悲惨な有様の令嬢を指差して、シュリーは何の感情もなくそう言った。

「本気かい？　本当にいいのかい？」

興奮気味のジーニーは、嬉《うれ》しさが抑えられていないようだった。

「ええ。やっておしまいなさい」

「うわぁ、夢みたいだ……！　こんなに楽しいことがあっていいんだろうか！　準備が大変だなぁ。何から用意しようか」

ジーニーは、子供が見れば確実にトラウマになりそうな顔でニンマリと笑った。

◇

「シュリー……」

寝台に腰掛けた妻の前に跪き、その両手を取ったレイモンドは掛ける言葉を探しながら眉を下げた。

「大丈夫ですわ。分かっておりますのよ、貴方様のことは、微塵も疑っておりませんわ」

そんな夫に、シュリーは手を握り返しながら声を掛ける。しかし、その表情は暗いままだった。

「私はあのような令嬢のこと、本当に心当たりがない。私がこの生涯で恋をし、心を寄せ、愛するのはただ一人、妻であるそなただけだ。この命を賭《か》けて誓う。私にとって恋人も妻も、そなた以外には有り得ない」

レイモンドの真《ま》っ直《す》ぐな言葉はシュリーの凍て付いた心を少しずつ溶かしていった。

「……ええ、存じ上げております」

「具合はどうだ？　先程あれだけ大きな力を使ったのだ、どこか悪くなったりしていないか？　痛いところは？　苦しいところはないか？」

シュリーのあちこちを触って確かめる過保護で心配性なレイモンドに、シュリーの顔にも漸く微笑が戻った。

あんな惨事を引き起こしても尚、レイモンドはシュリーを一人の女として扱う。

他のことなど二の次で、シュリーを優先してくれる。

シュリーの力を見ても、父のようにその力を利用しようとすることも、兄のようにその力を嫉《ねた》み憎悪することもなく、ただただ当然のように身を案じてくれる夫。

変わらぬレイモンドの大きな愛を受けて、いつもの調子を取り戻したシュリーは夫へ向けて目配せをした。

「大事ありません。少々歯止めが利かず、お見苦しい姿をお見せしてしまいましたわね。そんなことよりも、式典が台無しですわ。陛下はお戻りになって処理をなさって下さいませ」

「…………」

しかし、レイモンドはシュリーのその言葉には答えなかった。不思議に思ったシュリーが首を傾げる。

「陛下、皆が待っておりますわよ？」

「嫌だ。行きたくない。そなたと一緒にいたい」

拗ねた子供のように駄々を捏ね、シュリーの腹に抱き着くレイモンド。その様子にいつの間にかクスクスと笑っていたシュリーは、可愛《かわい》い夫の顔を持ち上げてその頬に唇を寄せた。

「私はここでお待ちしておりますわ。何やら先程からとても眠たいのです。私は寝ておりますから、どうか行って下さいまし。貴方様はこの国の国王なのですから」

「……分かった。そなたと、ここに宿る子の為に、行ってくる。だからシュリー、そなたはゆっくり休んでいてくれ。念の為医者も呼ぶのでちゃんと診てもらうのだ。よいな？」

シュリーの腹に手を置き、真剣な表情をするレイモンドは、シュリーが頷《うなず》いたのを確認して名残惜しげに立ち上がった。

「いってらっしゃいませ」

ニコリ、と、美麗に微笑み胸を張ったシュリー。その瞳はいつもの煌めきを取り戻し、真っ直ぐにレイモンドを見ていた。それだけでレイモンドの心は歓喜に打ち震え、漸く胸の痛みが和らいだ気がした。

「リンリン、どうかシュリーのことを頼む」

去り際、部屋の外で控えていたリンリンに声を掛けたレイモンド。

だが、リンリンの反応は予想外のものだった。

「陛下の心配には及びません。娘娘《ニャンニャン》には私がついております」

てっきり、いつも通り静かに頷くだけかと思っていたリンリンから微《かす》かな苛立ちを向けられて、レイモンドは一瞬面食らった。

しかし、リンリンが主人であるシュリーを大切に思っている裏返しなのだと思えば、レイモンドにもその気持ちはよく分かった。

「そなたにも心配を掛けてすまない」

「……」

両手を組んで頭を下げたリンリンは、何も言わずレイモンドに背を向けてシュリーの元へ向かった。

◇

会場に戻り、マドリーヌ伯爵達と合流して中途半端《ちゅうとはんぱ》になってしまった式典の後始末に奔走したレイモンド。

王妃懐妊の発表やパレードは延期となり、会場を後にする貴族達からは、無礼な身の程知らずの令嬢のせいで折角の目出度《めでた》い日が台無しだとエクレイア子爵家に対する不満と批判が爆発《ばくはつ》していた。

その中の一部には、絶対的に令嬢に非があると思いつつも、あれだけの惨事を引き起こしたセリカ王妃に対して恐怖心を抱く者もいた。

才能豊かでこの国に恵みを齎《もたら》す女神のような王妃は、その一方で国を滅ぼす程の力を有している……と。

一応の収拾をつけた国王とその側近達は、今後の対応や今回の騒動の発端となったエクレイア子爵家及び子爵令嬢に対する処分を検討することにした。

国王の執務室に集まる途中、レイモンドは、護衛についていたランシンを連れて妻の様子を見に夫婦の寝室に寄ろうとしたが、そこで思わぬ足止めを食らうことになる。

「娘娘はお休み中です」

扉の前に立っていたリンリンが、国王の入室を拒んだのだ。

「……一目だけでも、顔を見たい」

尚も食い下がる国王レイモンドを、リンリンは一蹴した。

「お医者様からは安静にと言われております。陛下がいらっしゃれば娘娘は目を覚ましてしまいます。どうかご理解下さい」

「シュリーの身に何かあったのか!?」

医者から安静にと言われた、という言葉を聞いて、レイモンドは心配で思わずリンリンに詰め寄っていた。

「大きな声を出さないで下さいませ。休息が必要なようです。いくら娘娘でも、懐妊中に無理は禁物のようです」

それを聞いたレイモンドは、今すぐにでも中に押し入りシュリーの様子を確かめたかったが、リンリンの言う通り、眠っているシュリーを起こしてしまうのは本意ではない。

歯を食いしばってグッと堪えるレイモンドの耳に、呑気な声が響いた。

「おー、凛凛《リンリン》は今日も可愛いなぁ。あ、藍芯《ラン・シン》もいるじゃないか。この国は天国か」

「ジーニー」

「陛下、お呼びだと聞きましたけど」

のんびりとした足取りでやって来た異国の公子は、宣言通りにアストラダム語をマスターして完璧《かんぺき》に操《あやつ》っていた。

一目惚《ぼ》れした男の為に短期間で異国語を習得するという規格外ぶり。

レイモンドの妻であるシュリーもシュリーだが、この公子も相当である。

「ああ。一緒に来てくれ」

少しだけ冷静になったレイモンドは、後ろ髪を引かれる思いながらも、ジーニーとランシンを連れて執務室に向かった。

◇

国王の執務室では、ガレッティ侯爵、マドリーヌ伯爵、マクロン男爵が国王を待っていた。

重苦しい空気の中、国王レイモンドが口を開く。

「ジーニー。王妃はあの令嬢の処分をそなたに任せると言っていた。私もこの件に関しては王妃のしたいようにさせようと思っているが、王妃が言っていた人豚とは何なのだ?」

「あー、釧の刑罰の一つです。最も残酷な刑だなんていわれてますね。あまりにも残虐過ぎて、近年では全然執行されないんですよ、残念なことに」

「どのような刑だ？」

ジーニーは、国王の問いに楽しさを隠し切れず説明を始めた。

「この刑には楽しい工程が沢山あるんですが。まず、罪人の眼球をくり抜きます」

「なっ⁉」

レイモンドの側近達は、何でもないことのように言うジーニーの言葉に飛び上がった。

「次に四肢を切り落として……」

「ひっ⁉」

「それから耳と口を……アレをこうしてああして、」

「うっ……！」

「それを切って潰《つぶ》して漬けて……」

ジーニーが意気揚々と語り出したのは、到底人間のする所業とは思えないような、残酷過ぎる拷問の果ての処刑方法だった。

説明するジーニーの口からは、残酷な言葉が次から次へと飛び出してくる。

「……あ、因みにこれは全部最大限の苦痛を与えつつも死なない程度に様子を見ながら行います。必要なら治療もしますよ。ここで死なれちゃ台無しなんで。細心の注意を払ってまだ息がある状態を保ち、それを今度は豚便所に……」

「ま、待ってくれ！　そこまでしてまだやり続けるのか⁉　もう止めてくれ‼」

終わらない刑の説明に顔を真っ青《まさお》にして叫んだマドリーヌ伯爵の横で、ガレッティ侯爵は静かに口元を押さえて湧《わ》き上がってくる何かを必死に堪えていた。

更にその隣では、マクロン男爵が耳を塞いで蹲《うずくま》っている……というか、失神していた。

それ程までにジーニーから聞かされた刑の内容は衝撃的だった。

これ以上は聞くことさえ無理だと、限界を訴えるアストラダム人達へ、ジーニーはつまらなそうに口を尖《とが》らせた。

「ここからが本番なんですけどねぇ」

この公子も普通じゃない、と認識したレイモンドの側近達は、国王に頭を下げた。

「陛下！　王妃様のお怒りはご尤《もっと》もですが、あの場に居合わせた貴族や国民には恐怖心が芽生えております。王妃様の素晴らしさを讃《たた》える気持ちに変わりはないものの、一方で恐ろしい面もあると……ここは、王妃様の評判の為にも、そのような残酷極まりない刑を行うのは控えた方がよろしいかと」

青白い顔のまま、マドリーヌ伯爵は国王レイモンドへ必死に奏上する。

「陛下、時に残酷過ぎる為政者は国民の信頼を失ってしまいます。このままでは王妃様が今まで築き上げてこられた立場をも失いかねません。陛下のお言葉でしたら王妃様も聞き届けて下さいましょう。どうかその人豚なる残虐な刑は考え直して頂くよう、王妃様を説得して下さい」

迫り上がってきたものを何とか飲み込んだのか、ガレッティ侯爵もまた冷や汗を垂らしながら国王へと訴えた。

しかし、国王レイモンドは忠臣達の言葉を受けて首を横に振った。

「……それは駄目だ。私から王妃を説得することはできない」

「陛下⁉」

「な、何故《なぜ》です⁉」

絶望に目を見開いた二人が叫ぶように問うと、レイモンドは片手で目を覆《おお》った。

「考えてもみてくれ。もしここで私があの令嬢の減刑を王妃に訴えれば、結果として令嬢を庇っているように見えてしまう。そうなると、王妃の心はどうなる」

「…………あ」

そこにいる全員の脳裏に、〝火に油〟という恐ろしい言葉が浮かんだ。

「王妃はあの令嬢の馬鹿《ばか》げた妄言のせいでただでさえ傷付いているのだ。私はこれ以上、王妃を傷付けたくも悲しませたくもない」

あ、そっち。そっちですか。

あの王妃ほど傷付くという言葉が似合わない王妃はいませんが……。

本気で苦悩している国王を前に誰もがそう思ったが、勿論決して口にはしなかった。

「従ってこの件に関しては、私から王妃に何かを言うことはしない」

国王の強い意志に、マドリーヌ伯爵もガレッティ侯爵も黙り込んでしまった。

レイモンドの言う通り、ここで他でもない国王が令嬢の減刑を王妃に訴えれば、何もかもが逆効果になることは目に見えている。

最悪の場合、再び怒り狂った王妃が今度こそこの国を滅ぼしかねない。

「だが……、あのような馬鹿げた令嬢のせいで王妃の評判が落ちるのも許せないな」

困り果てていた面々の前で、顎に手を当てて考え込んだレイモンドは、ふと顔を上げた。

「……ランシン」

呼ばれたランシンは、周囲の視線が不思議そうに自分に向けられる中でレイモンドの前に跪いた。

「はい、陛下」

「そなたに頼みたい。王妃と話をしてくれないか」

ランシンは、秀麗な顔に少しの戸惑いをのせて国王を見上げた。

国王の側近達が驚く中で、レイモンドの金色の瞳は真っ直ぐに寡黙な従者へ向けられていた。

「この状況で王妃を説得できるのは、そなたしかいない」

「私が……ですか？」

「シュリーはそなたのことを信頼している。そなたの言葉であれば、耳を傾けるだろう」

国王であり、シュリーの夫であるレイモンドは、異邦人のランシンを心から信じ、愛する妻に関《かか》わる重要な役割を託そうとしていた。

ランシンを見る瞳には全幅の信頼が透けて見えていた。

その眼差《まなざ》しを受けて一瞬だけ泣きそうな顔をしたランシンは、すぐにいつもの涼やかな無表情を取り戻して拱手《きょうしゅ》する。

「承知致しました。私から娘娘にお話ししてみます」

「ああ、宜しく頼む」

目を細めたレイモンドは、信頼を込めてランシンの肩をそっと叩《たた》いたのだった。

番犬のようにシュリーの部屋の前に立っていたリンリンは、やって来たランシンの姿を見て肩の力を抜いた。

レイモンドのように門前払いされることもないランシンが中に入れば、寝台の上に起き上がっていたシュリーは気怠げに欠伸をしていた。

「娘娘《ニャンニャン》。お目覚めですか」

「ええ。苦労を掛けたわね」

水差しから水を注《そそ》ぎ、シュリーに手渡しながら、ランシンは、静かな目を王妃に向けた。

「娘娘、陛下も伯爵達も娘娘のことを案じていらっしゃいます。令嬢の件、仰せの通りに処理を進めてよろしいのですか？」

「…………」

受け取った水を飲んだシュリーは、珍しく饒舌なランシンを見上げながらも、何も言わなかった。

「この国の人間には、残酷過ぎる刑は少々受け入れ難《がた》いようです。あのような令嬢の所為で娘娘の評判が貶められるようなことは、あってはなりません」

ハッキリとそう言ったランシンに、シュリーは溜息《ためいき》のような苦笑を漏《も》らした。

「…………そうね。子供の頃から面倒を見てきたお前にこうして諭される日が来るなんて、自分が情けないわ」

下ろした黒髪を払ったシュリーは、顔を上げるといつもの自信に満ちた美しさをその微笑に滲《にじ》ませていた。

「気が立っていたとはいえ、考えが浅かったわ。これは私の失態よ。でも、好機でもあるわね。良いわ。あの女の処分方法を再考しましょう。それを利用して、私の立場をより強固なものにするのよ。……表向きはね」

ニヤリと笑うシュリーは、誰《だれ》もが敬い跪く、美しく聡明で才気に満ち溢《あふ》れたセリカ王妃そのものだった。

「それでこそ娘娘です」

恭しく頭を下げて、丁寧に拱手《きょうしゅ》したランシン。

相変わらず無表情な顔ながらも、何処となく重い荷を下ろしたかのような安堵《あんど》が滲んでいる。

「それにしても。どうやら私の子は、なかなか生意気なようね。この母の気を乱そうだなんて」

シュリーの言葉を聞いて、無表情なランシンの眉《まゆ》がピクリと動いた。

「何か問題が……？」

「大したことではないわ。ただ、私の式典での暴走や不安定な心情はこの子の仕業だろうと思っているのよ。考えてもみて頂戴。いつもの私なら、あの場で力を解放させたりしないわ。あんな女一人、後から幾らでも存分に嬲り殺しにできるもの。あの場で周囲を巻き込んで威嚇する必要などなかったのよ」

「確かに、娘娘らしくない行動でした」

「今度ジーニーにも意見を聞こうかと思うのだけれど、この腹に宿る子は、日に日に霊力が強まっているようなの。その力の影響で私の経脈が乱れているのよ。私と陛下の子なだけあって、普通ではない子なのでしょうね。今から将来が楽しみだわ」

自らの腹を撫でながら、シュリーはクスクスと笑った。

「生まれる前から母に迷惑を掛けるだなんて。この母に二度と逆らうことがないよう今から厳しく躾け、教育してあげないと」

言葉とは裏腹に、自らの腹を見るシュリーの瞳《ひとみ》は慈愛に満ちていた。

「娘娘はこの国に来て、幸せですか」

そんなシュリーを見て、ランシンはポツリと呟いた。

「あらあら。今日は随分とお喋《しゃべ》りね。まあ、たまにお前とこうして話すのも悪くないわ。そうね。見て分かる通り、私は幸せよ。愛する夫がいて、その夫との間に子ができる。そんな当たり前の、普通の幸せを……化け物である私には望むことさえできないと思っていた幸せを、手に入れたのですもの」

「……ここまでついてきた甲斐がありました」

「何を言うの。私が何の為にお前を連れて来たと思っているの？　お前自身もこの国で幸せになるのよ」

「…………」

シュリーのその言葉に、ランシンは黙り込んだまま答えなかった。

長年、弟のように思ってきた宦官《かんがん》へ向けて、シュリーは改めて目を細める。

「ランシン、ありがとう。他でもないお前の顔を見て話したお陰で冷静になれたわ」

「私は何も……。私を遣わしたのはレイモンド陛下です」

静かにそう答えたランシン。

「そうでしょうね。あの人は、異端である私のことをよく分かって下さいますもの。きっとお前やリンリンのことも、理解して下さるはずよ」

「……私も、そう思います」

素直に頷《うなず》いたランシンを見て、シュリーは口角を上げた。

「あら。いつの間に陛下と仲良くなったのかしら。妬いてしまいそうだわ」

ケラケラと笑いながら、シュリーは立ち上がった。

「それでは、陛下の元へ行こうかしら。どうせ皆さんお揃《そろ》いなのでしょう?」

頭を下げたランシンを従えて廊下に出たシュリーは、そこで控えるリンリンに目を向けた。

「リンリン。私の陛下は、かつてお前を裏切った男のように不誠実な男ではないわ。あの陛下が、私というものがありながら不貞を働くわけないでしょう。お前も陛下のお人柄をよくよく見てきて知っているはずよ。だから今までお前が見てきた男と陛下を一緒にして威嚇するのは止めなさい」

「…………はい」

ばつが悪そうに頷いたリンリンを見て、シュリーは周囲に人がいないことを確認するとリンリンの頭を撫でてやった。

「良い子ね。お前には頼みたい仕事があるから、それまで大人しくしているのよ」

「……是（はい）！」

久々に仕事が貰《もら》えると知ったリンリンは、見えない尻尾《しっぽ》を振り乱して喜んだ。

「では行きましょうか」

釧《セン》から連れて来た従者達と共に、シュリーは夫の元へ向かったのだった。


国王の執務室の前で声を掛けたランシンが扉を開けたその時、シュリーはふと違和感を覚えた。

しかし。

「シュリー！　起き上がって大丈夫なのか⁉」

シュリーの姿を見てすっ飛んで来た夫のお陰で、シュリーの思考は完全にレイモンドへと移った。

「陛下。大丈夫ですわ。お陰様でゆっくり休めましたもの。そんなことより、皆さんお集まりで今後の対応を協議中なのかしら」

「王妃様……！」

立ち上がったレイモンドの側近達が頭を下げる奥で、ジーニーもすっかり馴染んでそこに居た。

「面倒をお掛けしましたわね。事態の収拾は大変だったでしょう。それで、あの令嬢の件だけれど、
私もあの時は少々気が動転しておりましたのよ。処分方法については今一度考え直そうと思います

の」

「王妃様、本当でございますか⁉」

「シュリー、本当に良いのか？」

ホッと胸を撫で下ろした側近達とは違い、レイモンドは気遣わしげな目線を妻へと向けた。

「ええ。良いのですわ。ですからまずは、あの令嬢が何処の誰で、いったい何をどうして私の愛する陛下のことを侮辱するような、口に出すのも悍《おぞ》ましい不愉快極まりない出鱈目でトチ狂った妄言を吐いていたのか、教えて下さるかしら」

美しくも気高い王妃のその笑顔の圧に、レイモンドの側近達は王妃の怒りがまだ燻っていることをヒシヒシと感じながらも頭を下げた。

「あの令嬢については私からご報告致します」

少し前まで人豚の話を聞いて倒れ込んでいたマクロン男爵が、まだ青白さの残る顔で前に出る。

「彼女はエクレイア子爵の娘、シャーロット・エクレイア嬢です。アカデミー時代の陛下と同じクラスで学び、当時から陛下に想《おも》いを寄せていたとか」

「……へぇ？」

序盤から部屋の温度を下げるような冷たい声で相槌を打つ王妃に怯《おび》えながらも、マクロン男爵は説明を続けた。

「わ、私の末の妹が陛下と同時期にアカデミーに通っておりましたので、話を聞いてきました。当時、第二王子殿下であらせられた陛下は、何と言いますかその……」

「地味で目立たない男だったはずだ。極力他者との関《かか》わりを避けていたからな」

言いづらそうなマクロン男爵に代わり自らそう発言したレイモンドは、妻であるシュリーの手を引いて隣に引き寄せた。

いつもの癖《くせ》で夫の膝《ひざ》に座らないよう気を付けながら、シュリーはレイモンドの隣に座って話に耳を傾けた。

「だから私はあの令嬢のこともさほど記憶にないのだが。いったいあの無礼な態度と妄想は何なのだ？」

「妹の話ですと……、エクレイア嬢はアカデミー当時から、王子でありながら目立たなかった陛下に目を付け、周囲に自分は第二王子殿下の恋人であると自称し始めたらしいのです」

「いや、本当に意味が分からない。私からすれば学友とすら呼べないような赤の他人だぞ？　何故《なぜ》そうなる」

「かの令嬢の思考回路は理解できませんが、それまで一切《いっさい》何の噂もなかった陛下……当時の第二王子殿下の初の色恋話は女子学生を中心に瞬く間に広がり、そのうちエクレイア嬢を第二王子殿下の恋人だと信じる者が出てきたとか。そういった者達は当然、エクレイア嬢に擦《す》り寄《よ》るようになります。結果として持て囃されて味を占めた令嬢が更なる虚言を吐き、いつの間にやらエクレイア嬢が第二王子殿下の婚約者だという話まで出るようになったと……」

呆《あき》れを通り越して恐怖すら感じたレイモンドは、深い溜息を吐いた。

「……それが王宮にまで広がらなかったのは何故だ。そんな話が耳に入れば、私の父である先王は黙っていなかっただろうに」

「秘密の関係だから表向きは内密に、と周囲の令嬢達に言い含めていたため、表立っての噂にはならず、令嬢達の間でのみ噂が広がっていったとか」

「ハア……。妙なところで狡猾な。その女の頭はどうなっているのだ。私と自分が無関係なことは誰よりも分かり切っているはずではないか。仲間内で虚言を吐くだけに飽き足らず、公の場であのように大声で叫ぼうとは。そんな嘘偽《うそ》りが罷《まか》り通ると本気で思っていたのか？」

理解できない令嬢の話に疲れ果てたレイモンドは、無意識のうちに隣に座るシュリーの手を握っていた。

「あの令嬢は相当夢見がちな性格のようでして。直接尋問したところ、本気で自分を陛下の恋人、婚約者だと思い込んでいました。どうやら妄想を募らせていくうちに妄想と現実の区別がつかなくなっていたようなのです」

「……ただの異常者じゃないか。薬物の使用は？」

「視野に入れて調査中です」

片手で頭を抱えたレイモンドは、隣で黙って話を聞いていた最愛の妻へ視線を向けた。

「シュリー、そなたはどうしたい？　正直に言ってくれ。王族に対するこれ以上ない侮辱行為、家門の取り潰《つぶ》しと斬首刑は当然として、そなたが望むのであれば如何様にもして構わない」

真剣な表情の国王に、側近達は気が気じゃなかった。折角王妃が考え直すと言ってくれたのに、お願いだからあまりにも残虐な刑は本当に勘弁して欲しいと内心で懇願する。

「いえ。……斬首刑ではなく、家門を取り潰した上で国外追放に致しましょう」

「なに？」

「本気ですか、王妃様!?」

王妃の思いもよらない言葉に、国王と側近達は目を見開いた。

「懐妊の公表が遅れてしまいましたもの。目出度《めでた》い報告をすると同時に処刑だなんて縁起が悪いでしょう？　斬首刑必至の愚行を犯したとはいえ、ここは私の懐妊に免じて恩赦を与えるのが宜しいのではないかしら」

「そりゃあないだろう、王妃様！　あの令嬢を好きにしていいと聞いて、僕がどれ程楽しみにしていたことか！　楽しみを与えておいて奪うだなんて、ちょっと酷いんじゃないかい？」

シュリーの言葉に真っ先に反応したのは、ジーニーだった。玩具を取り上げられた子供のように拗ねるジーニーを見て、シュリーは悪い顔で微笑んだ。

「貴方には悪いと思っているわ。代わりにドラドとの小旅行を用意してあげる。それでどうかしら？」

「何だって!?　最高じゃないか！」

一瞬で掌を返したジーニーに向けて、シュリーは更に畳み掛けた。

「あと、おまけでリンリンと散歩に行く機会をあげるわ。悪くないでしょう？」

「凛凛《リンリン》と散歩……？　成程ねぇ。ほうほう。それはいいな。まったく君には恐れ入るよ。分かった。それで手を打とう」

ニンマリと笑ったジーニーは、昔馴染みでもあるシュリーの意図を、正確に読み取っていた。

◇

王妃の懐妊と、式典で前代未聞の暴挙に出たエクレイア子爵家の処遇について国民に広く知らされると、シュリーの名声は更に高まっていった。

仲睦まじい国王夫妻の間に亀裂を入れようとした令嬢への国民の怒りは凄《すさ》まじかったが、王妃が下したのは、王妃の立場や国王の尊厳を貶めようとした子爵令嬢への、死罪ではなく国外追放という寛大な措置。

それが待望の王妃懐妊の報せと同時に伝えられると、セリカ王妃の人気は今まで以上のものとなり、誰もが国王夫妻の強固な絆《きずな》に国の安泰を確信して熱狂した。

そんな中、牢獄の中で醜く言い争う親子がいた。

「いったい何なの……王妃が懐妊したですって⁉　レイ様は私のものなのにっ！　どうしてこんなことに」

「シャーロット！　お前、私にまで嘘を吐いていたのか⁉　陛下とのこと、全《すべ》てお前の虚言だったというではないか⁉」

「嘘じゃないわよ！　レイ様だって私のことを愛おしそうに見ていたもの！　誰も信じてくれないけど、妄想なんかじゃないわ！」

「だったらどうして陛下は助けに来ない⁉　どうしてお前ではなく王妃が寵愛を受けている⁉　お前を信じた私が馬鹿《ばか》だった！」

「あらあら、まあまあ。お元気ですこと」

これから国外追放の護送を控えた二人へと、何処からともなく鈴の音のような軽《かろ》やかな声が掛けられる。

「アンタ……！」

そこに居たのは、今国中で話題のセリカ王妃その人だった。シャーロットは鼻に皺を寄せて忌ま忌ましげに王妃を睨《にら》み付《つ》けた。

「面と向かってご挨拶《あいさつ》するのは初めてですわね。改めまして私、国王レイモンド陛下の妃、国民からはセリカ王妃と呼ばれております。どうぞお見知り置きを」

優雅な仕草で顔を上げた王妃を見て、シャーロットは言葉を失った。

これまでシャーロットは、セリカ王妃のことを東洋の野蛮人だと馬鹿にしてまともに顔を見たことがなかった。

間近で見たその顔は、自称〝世界一かわいい〟はずの自分よりもずっと美しかった。

その美貌はまるで、見ている間に目が溶けていきそうな程に、眩く光り輝いている。娘命の父ですら、檻《おり》越しに微笑む王妃に見惚《みほ》れていた。

「シャーロット嬢が、私が考案したドレスをお気に召して下さったと伺ったものですから。持って来て差し上げましたのよ」

王妃の言葉を合図に、檻の中に豪華な純白のドレスが投げ込まれた。

「釧の香を焚《た》き染《し》めた特別仕様ですわ。長い長い旅路のお供に、どうぞ受け取って下さいまし」

そんなものは要らない、と叫ぼうとしたシャーロットは、そのドレスの豪華さと、甘く芳しい香りにドレスを突き返すのは止めることにした。

ドレスを気に入ったらしいシャーロットを見て、シュリーは口角を上げる。と、そこへ駆け付けてくる足音が響いた。

「シュリー！　探したぞ。このような場所に来て何をしている。そなたの体と、腹の子に障るではないか。こんなに薄着で……」

妻を見つけて駆け寄った国王レイモンドが、自らの上着を脱いで王妃の肩に優しく掛けてやる。

その姿は誰がどう見ても愛し合う仲睦まじい夫婦そのものなのだが、そんな二人を見てもシャーロットは無謀な金切り声を上げた。

「レイ様！　助けに来て下さったのね！」

しかし、国王レイモンドがその声に反応することはなかった。

「……シュリー。どうやらここには煩《うるさ》い小蠅がいるようだ。早く戻ろう。国民がそなたを待っている」

「ええ、陛下。これからパレードの仕切り直しですものね」

「そなたがいなければ何も始まらない。私の愛する王妃。そなたはこの国の女神なのだから」

熱い眼差《まなざ》しを王妃に向けるレイモンドは、ほっそりとした白いその手を取り丁寧に何度も口付けた。

金の腕環が光を反射し、シャーロットの目に光が突き刺さる。

熱烈な様子に、流石のシャーロットも言葉を失っていた。

「用は済みましたので参りましょうか、陛下。それではシャーロット嬢、エクレイア元子爵、ご機嫌よう。良い旅を」

颯爽と去って行った王妃は、国王の甘やかなエスコートを受けて光の中へ向かう。

片や、シャーロットは無理矢理牢獄から引き摺り出され、護送用の馬車に押し込められた。

「わ、私は負けてないわ……！　何よ、ちょっと顔が良いからって陛下にチヤホヤされて。良い気になってるんじゃないわよ。いつか絶対、私の方が王妃に相応しいって分からせてやるんだから！」

馬車から叫んだシャーロットの声は、国民の歓声に掻《か》き消されて王妃に届くことはなかった。


「何なのよ、あの王妃……許せない」

護送中の馬車の中で、両手両足を縛り上げられていたシャーロットはまだ毒を吐いていた。

「ハア……。私はいったい、どこで育て方を間違えたのか。シャーロット、お前があの美しい王妃様に敵《かな》うわけないだろう。陛下のあの熱烈な寵愛ぶりを見ただろう？　もう諦《あきら》めなさい」

親バカで娘に甘かった父の言葉に、シャーロットは驚愕《きょうがく》した。少し前まで王妃のことを野蛮人と貶していたくせに。間近で王妃を見たからか、父はすっかり王妃の魅力に骨抜きになっていた。

「お父様！　お父様まであんな王妃に騙《だま》されないでよ！」

「いい加減にしなさい。これからは王妃様が救って下さった命を大切にして他国で細々と暮らして……」

と、そこで、親子はふと獣の唸《うな》り声のような音を聞いた。

「……何の音？」

「おい、馬車が止まっているぞ？」

「ねえ、御者や護送兵は何処に行ったの？」

何処かも分からない森に馬車ごと放置された親子が訳も分からず呆然《ぼうぜん》としていると、急に視界がふわりと揺れた。

「…………え」

シャーロットが最後に見たのは、衝撃で天高く飛ばされ幽霊のように舞い踊る、セリカ王妃から貰った愛らしい純白のドレスだった。

◇

国民に絶大な人気を誇るセリカ王妃の夫、国王レイモンド二世の恋人を名乗り式典に乱入した世紀の痴れ者令嬢シャーロット・エクレイアとその父親は、国外追放される護送中、その馬車ごと突如姿を消したらしい。

この謎《なぞ》の失踪について、無責任にも刑から逃げ出したやら、物騒な盗賊に襲われたやら、土砂崩れに巻き込まれたやら、様々な臆測が飛び交う中で、最も奇妙な噂の一つが実《まこと》しやかに王都を駆け巡った。

曰く、世にも恐ろしい毛むくじゃらで尻尾のたくさん生えた巨大な化け物が、馬車ごと罪人を連れ去った……と。

目撃者までいるというその噂は、後にアストラダム王国の怪談話の定番となるのだが、それはまだ少し先の話である。

その他にも、恩赦を与え刑を軽くしたと思われていた慈悲深い王妃が実は、かの令嬢の目をくり抜き四肢を切断するよう命じていただとか、死者を甦らせる東方の秘術により令嬢は死して尚も罪を償い続けているだとか、更なる噂が噂を呼び、真相は謎のまま、頭の狂った令嬢が無謀にも国王に手を出そうとした挙げ句の果てに王妃によって手酷《てひど》く返り討ちに遭った、というのが定説となった。

何にせよ、国民はこの話を教訓として心に刻み付けることになる。

普段は慈悲深く美しく、聡明で才能に溢れた王妃様を怒らせると——取り分け、王妃の愛する夫である国王に手を出そうとすれば——それはそれは恐ろしい天罰が下るのだと。

第八章　曠世の才

「シュリー。リンリンの尻尾《しっぽ》が見えている。隠してやりなさい」

「…………あら、まあ」

愛する夫にそっと耳打ちされたシュリーは、指を鳴らしてリンリンの衣装からはみ出ていた尻尾を魔術で隠した。

「陛下ったら。リンリンのこと、いつからお気付きでしたの？」

楽しげな顔をしたシュリーは、興味津々の瞳《ひとみ》を夫へ向ける。

「そうだな……最初に違和感を覚えたのは、フロランタナ公爵の策略でそなたが馬車ごと崖から落ちた時だ」

「そんなに前から？」

少しだけ驚いたシュリーは、大きな瞳をパチパチと瞬かせた。

「あの時は気が動転していたが、後から思い返せば妙だと思ってな。あの日、リンリンはそなたと共に馬車に乗っていた。にも拘《かか》わらず、落下する馬車から脱出したそなたが飛んで舞い戻ってきた時には既に、リンリンは崖の上にいた。普通に考えて有り得ない話だ」

「そうですわね」

夫の察しの良さに、シュリーは嬉《うれ》しそうに頷《うなず》く。

「だが、確信したのはつい最近、ジーニーの態度を見ておかしいと思ったのだ。生きた人間の女には興味がないはずのジーニーが、リンリンには積極的だった。だからきっと、リンリンは人間ではないのだろうと思っていた」

「ご明察ですわ。流石は私の旦那様」

紅い唇をニンマリと上げたシュリーは、夫を愛おしげに見つめた。

「リンリン」

シュリーが呼ぶと、従順なリンリンはすぐに国王夫妻の前にやって来た。見た目は愛らしい人間の少女だが、人間ではないというリンリンへ、レイモンドは改めて目をやった。

「仰《おっしゃ》る通り、リンリンは人間ではございません。表向きは私の侍女ですが、その正体は九尾狐、私の可愛《かわい》いペットですのよ」

シュリーが再び指を鳴らすと、リンリンの背後に揺れる九本の尾が見える。

「いつもは完璧《かんぺき》に人間の姿に擬態しているのですけれど。つい最近、変化を解いて長時間過ごしたせいか不安定になっていたようですわ。リンリン、尻尾が出ていたところを陛下が気付いて下さったのよ。お礼を言いなさい」

「ありがとうございます、陛下」

素直に頭を下げたリンリンは、ポンと音を立てて完全に尻尾を消した。

「九尾狐、とは?」

「尾が九本ある狐の霊獣ですわ。リンリンはその昔、君主の徳が高い時に現れる瑞獣とされておりましたが、時の皇帝と恋に落ち利用された挙げ句に裏切られ、悪しき妖怪の汚名を着せられてしまったのですわ。ですから、不貞を働く男に対しての嫌悪が尋常ではございませんの」

「成程。だから例の令嬢の件で私を威嚇していたのか」

「あれでも大分マシになりましたのよ。一時期は浮気《うわき》した男がいると聞けば真相も確かめずに喰《く》い殺していた時期もあったとか。リンリンにとって浮気は地雷というやつなのですわ」

自分の過去を話す二人を見て目を逸らしたリンリン。そんなリンリンに、レイモンドは問い掛けた。

「リンリン、例の令嬢の件は事実無根の虚言だ。私は生涯を賭《か》けてシュリー以外を愛することはないが、まだ私はそなたの信頼を得られないだろうか?」

直球なレイモンドの問いに、リンリンはボソボソと答えた。

「……いいえ。娘娘《ニャンニャン》の懐妊に、私も気が立っていたのです。その節はやり過ぎました。陛下のことは娘娘が認めただけあって、人間の雄にしては真面《まとも》だと思っております」

本能が動物寄りのリンリンは、基本的に主人であるシュリー以外を敬うことはない。だが、長年釧《セン》の宮廷に出入りしていたこともあり、人間の礼儀作法は知っていた。

だからこそ、主人の番《つがい》であるレイモンドには礼儀正しく接してきたが、先日の態度や今の発言は些か無礼だったかもしれない。

流石に怒られるだろうか、と目を上げたリンリンは、心底嬉しそうに微笑むレイモンドを見てポカンと目を瞬かせた。

「そうか。それなら良かった。私はこれからもシュリーの夫として努力を惜しまないつもりだが、至らぬところがあれば遠慮なく言ってくれ。そなたのように全面的にシュリーに味方してくれる者がいることはとても心強い」

一つの邪心も無いような、真《ま》っ直《す》ぐな瞳でそう言われたリンリンは、躊躇《ためら》って主に目を向けた。

その視線を受けたシュリーは微笑を浮かべながら大きく頷く。

「……是」

戸惑いつつも頭を下げたリンリンは、気高く美しいご主人様が何故《なぜ》この男に心を許し身を委《ゆだ》ねているのか、少しだけ分かった気がした。


「それにしても、つい最近、長時間変化を解いていたと言ったな。そういえばパレードの際にリンリンとジーニーの姿が見えなかったが、それと何か関係あるのか？」

リンリンが仕事に戻り、二人になったところで夫からそう問われたシュリーは、とぼけるように扇子で口元を隠した。

「さて。どうでございましょう？　ただの偶然ではございませんこと？」

「そうか。そなたがそう言うのであれば、そうなのだろうな」

素直に引き下がるレイモンドは、それ以上追求する気がないらしい。そんな夫にシュリーは観念して扇子を置いた。

「……前から思っておりましたけれど、陛下は鈍感なふりがお上手ですわね。誰《だれ》よりも鋭い観察眼をお持ちですのに。本当は私が何をしたのか、全《すべ》てご存知なのでしょう？」

「さあ。私を買い被《かぶ》りすぎではないか？　私は昔から目立たず何も知らない王子として有名だったのだぞ。だが、言ったであろう？　私はそなたが何をしても、その何もかもが愛おしく思えて仕方ないのだ。そなたのすることならどんなことでも可愛らしいと思ってしまう。何があっても受け入れられる」

「シャオレイ……」

グッと握られた妻の手に手を重ねて、レイモンドは意地悪な表情で笑ってみせた。

「まだ分からないか？　私はそなたがどんなに残虐な行いをしたとしても、たとえこの世界を滅ぼそうとも、可愛らしいとしか思えないのだ。それ程までに、私はそなたを深く愛している。もう手遅れな程に重症なのだ」

「……！」

頬を撫でられながら耳元で囁《ささや》かれたシュリーは、生娘のように顔を真っ赤《まっか》にして俯《うつむ》くことしかできない。

「貴方様は、まだ私を口説くおつもりですの？　子まで作ってこんなにも私を骨抜きにしておいて、まだ足りないのかしら」

やっとのことで返した声は、拗ねたような口振りとは裏腹に嬉しさが隠し切れていなかった。

「足りない。足りるわけがない。そなたが愛しくて愛しくて愛しくて仕方ない。私から離れていかぬようにそなたをドロドロに甘やかして溶かしてしまいたい。そうして私無しでは生きられなくなればいいのにとさえ思う」

普段は温厚で優しい夫の、誰も知らないような重たく執拗な執着をまざまざと見せ付けられて、シュリーの体に痺《しび》れが走った。

「〜〜ッ！　もう充分、そうなっておりますわ」

なんて体に悪いのか。と、このままでは心臓が破裂してしまうと思ったシュリーが慌てて逃げようとするも、レイモンドはそれを許さなかった。

「シュリー」

「⁉」

後ろから抱き込まれて逃げ場を失ったシュリーは、ただただ夫から与えられるドロドロの愛をこれでもかと享受させせられたのだった。

◇

『紫蘭《ズーラン》！　いったい何がどうなっているんだ⁉』

「……煩《うるさ》いのが来ましたわねぇ」

忙しい合間を縫って愛するレイモンドとティータイムを楽しんでいたシュリーの元に、顔を真っ赤にして駆け付けてきたのはシュリーの兄、釧の皇太子雪紫鷹《シュエ・ズーイン》だった。

『懐妊しただと⁉　正気か、本当に異国の王の子を産む気か⁉　父上がそなたの子にどれだけ期待を寄せていることか……！』

頭を抱えた紫鷹《ズーイン》はシュリーを睨《にら》みつけて更に続ける。

『それに、あの絹と磁器は何だ⁉　何故この国で絹が紡《つむ》がれ磁器が焼かれている？　まさか蚕をこの国に持ち込み磁器の秘術を異国人達に教えたのではあるまいな⁉』

今更な話を大声で捲し立てる兄に、シュリーは悪びれることなく微笑んだ。

『兄様、最近すっかりお姿が見えず、この国にいらっしゃるのを失念しておりましたわ。いつまで滞在するおつもりですの？　流石に厚かましいと思いませんこと？』

『なっ……！』

少しの遠慮もない妹の言葉にダメージを受けながらも、紫鷹は声を荒らげた。

『こんなことをしてタダで済むと思っているのか⁉』

『あら。この私をどうこうできるような者がいるとでも？』

胸に手を当てたシュリーが挑発的な笑みを見せたその瞬間、呑気《のんき》で場違いな声がその場に響く。

「陛下、王妃様！　見て下さいよこれ。ドラドと共同で作った新しい魔道具、すごく良い感じなんですよ」

デレデレと目尻を下げてやって来たのは、ドラドを引き連れたジーニーだった。

隣のドラドは積極的な異国の公子に戸惑い気味なものの、ジーニーにされるがまま手を引かれている。ジーニーの恋もそこそこ上手《うま》くいっているらしい。

レイモンドとシュリーはそんな二人へと微笑ましい目を向けた。

『金《ジン》公子！　其方までいったい何をしているのだ⁉』

しかし、皇太子からすればこの状況はちっとも微笑ましくない。

「うわ、面倒くさいのがいた……もう少し後で来るんだった」

皇太子が理解できないよう、アストラダム語で呟くジーニー。

味方として釧からはるばる連れて来た公子が異国の地ですっかり異邦人に馴染んでいる姿に衝撃を受け、紫鷹は怒りを露わにした。

『金黙犀《ジン・モーシィ》！　この頃コソコソと動き回っているかと思えば、いつの間にやら異国語を喋《しゃべ》り敵と馴れ合うなど言語道断ッ‼』

ビシッと指を差して大声で怒鳴り散らした皇太子とは裏腹に、その場にいた者達の反応は何とも冷静だった。

『殿下、少々声が大きいです。耳が痛い』

『兄様。折角の安らかな午後のひと時が台無しですわ。お帰り願えませんこと？』

『義兄上殿。王妃は身重なのだから、声量には配慮して頂けないだろうか』

三者三様に窘められた紫鷹は、ワナワナと身を震わせた。

『絶対に諦《あきら》めぬ！　私は何としてでも朝陽公主《ちょうようこうしゅ》を連れ帰らなければならぬのだ！　この銀玉瑞祥釧《ぎんぎょくずいしょうせん》に懸けて！』

袖《そで》を捲り左手首に光る銀の腕環を見せ付けながら誇らしげに宣言する兄を、シュリーは冷めた目で見遣る。

『そんなにその腕環が大切なのですか？　そんなものに拘《こだわ》っている間は、兄様が天下を取る日は永遠に来ないでしょうね』

『……っ‼』

渾身の宣言ですら妹に軽くあしらわれた紫鷹。

異国の地でただただ時間を浪費し何の成果も出せていない皇太子は、足を踏み鳴らしてその場から立ち去った。


「殿下は苛立ってるんですよ。毎日机の上で策略ばかりを捻《ひね》り出《だ》してはいますが、何一つ上手くいかないんで。そんな無駄なことはしないでもっとやるべきことがあるんじゃないかと思いますけどね」

仮にも皇太子に対して容赦のないジーニーは、他人事のように紫鷹が去った方を見て首を振った。

「あー、それで。魔道具の説明は後にして、僕に頼みたいことがあるとか？」

気を取り直したジーニーが、兄のことなど少しも気にしていないシュリーに問い掛けた。

「そうそう、ジーニー。貴方の意見を聞きたいのだけれど、私のこの腹に宿っている子のことをどう思って？　何やら強い力を感じるのだけれど」

そう言われ、素直に指で窓を作りシュリーを見たジーニーは、うーんと唸《うな》った。

「……そうだなぁ。君の言う通り、ちょっとばかり霊力が強過ぎると思う。普通だったら母体が破裂するくらいの力だ。常人なら持たないだろうねぇ。君だから何とかなってるけど。産むのは君にとっても子にとっても危ないいんじゃないかい？」

「医者と同じことを言うのね」

溜息《ためいき》を漏《も》らしたシュリーに向けて、今度はジーニーの隣に立つドラドが口を開いた。

「お師匠様、私も同意見です。異常な魔力が日に日に強まっております。このままでは、いつ御子の力に飲み込まれてもおかしくありません」

「まあ、ドラドまで。大袈裟ねぇ。問題ないわ。私の子の分際で、この私に勝てるわけないでしょう。異常な魔力が何だと言うの。そんなものは幾らでも私の力で押さえ付けてやりましてよ。そうでございましょう？　シャオレイ」

不吉な見解を述べる二人を鼻で笑ったシュリーは、肩をすくめて隣の夫を見上げ、固まった。

「……陛下？」

「…………そんなに危険なのか？」

顔面蒼白になったレイモンドが、体と声を震わせる横で、心配する夫の様子が可笑《おか》しくて仕方ないシュリーは、必死に笑いを堪えたのだった。

「ご心配には及びませんわ。私を誰だとお思いですの？　世界一美しく強い貴方様の妃ですわよ。無事に産んでみせますのでどうぞ安心して下さいまし」

シュリーにそう言われたところで、レイモンドの心配は消えなかった。何よりも愛する妻に命の危険があるとは、到底受け入れられるはずもない。

「そなたのことは信じているが、こればかりは……。ジーニー、何か手はないのか？」

苦悩するレイモンドがそう問い掛けると、ジーニーはそれはそれは嬉しそうにニンマリと笑った。

「あー、それならいい手がありますよ。えぇっと……そうそう、これこれ。この霊験灼《あらた》かな霊符を貼《は》れば、王妃様の中に宿る子は忽《たちま》ち大人しくなり母子共に健康に……」

ジーニーが懐《ふところ》から取り出した怪しげな釧の霊符をピラピラと振れば、レイモンドはすかさず食い付いた。

「言い値で買おう！」

食い気味の国王に一瞬だけ面食らったジーニーは、湧《わ》き上がる笑いを必死で堪えながら何食わぬ顔を取り繕った。

「そうは言いましてもねぇ、陛下。この霊符は釧から持ち込んだ貴重なものでして……金で解決できるようなもんじゃないんですよ」

「なっ⁉　そうなのか？　では、どうすれば良いのだ？　何でもする、だからどうか……」

「シャオレイ。騙《だま》されてはいけませんわ」

悪徳商売に引っ掛かる寸前の夫を止めながらも、シュリーはシュリーで大きなダメージを受けて額を押さえていた。

夫が可愛すぎる。

シュリーの心配をするあまりジーニーの適当な口車に乗せられて騙されそうになっている夫が本当に可愛くて仕方ない。

普段は何だかんだ言って冷静で落ち着いていて、何事にも動じない夫が、こんなに分かり易い詐欺紛いの手に騙されるほど取り乱すだなんて。

それもこれもレイモンドが自分を愛しているからだと思えばこそ、シュリーは心臓が締め付けられる程にときめいていた。

怪しげな霊符に手を伸ばす姿は考えれば考えるほど情けなく、可愛いが過ぎる。

あの眉《まゆ》の下がった泣きそうな顔。まるで迷子になった子供のようではないか。自分が守ってやらねば。

これが母性本能というものなのだろうか、子を宿したからこんなにも狂おしい感情が迫り上がってくるのだろうか、と色んな意味で夫への激情に悶えるシュリー。

しかしながら、このままでは愛する夫が悪徳詐欺師に騙されてしまう。なので何とか気持ちを落ち着けたシュリーはジーニーの手から霊符を引ったくった。

「これは強制的に魂を抜き取る霊符ですわね。ジーニー、貴方、まだ私をキョンシーにしたいという野望を捨てていなかったのね」

「そんなに睨まないでくれよ。ほんの冗談じゃないか。君のその強靭な肉体と魔力をキョンシーにしたらどうなるのだろうかと、好奇心に負けて君を殺そうとしたのはもう過去のことだ。結果、ボコボコの半殺しにされてから僕は心を入れ替えたんだ」

態《わざ》とらしく両手を上げるジーニーを一睨みしたシュリーは、困惑している夫へ体を向けた。

「ということですので陛下、あの詐欺師に騙されてはいけませんわ」

「あ、ああ。すまない。そなたのことになるとどうも冷静ではいられず……。つい取り乱してしまったようだ」

申し訳なさそうにしょんぼりする夫を見て再び身悶えながらも、咳払《せきばら》いで誤魔化《ごまか》すシュリー。

「コホン……良いのですわ。私も貴方様のこととなると冷静ではいられませんもの。ですが、本当に心配なさらなくても大丈夫なのです」

「だが……」

「シャオレイ。今まで私が貴方様に嘘《うそ》を吐いたことがございまして？　私が言って実現しなかったことは？　どうか私を信じて下さいませ」

「シュリー……そうだな。そなたの言う通りだ。そなたが問題ないと言うのであれば、私はそれを信じるのみだ」

妻の手を取ったレイモンドは真剣な目をしていた。

「陛下」

「シュリー」


「はー。お熱いことで。羨《うらや》ましいなぁ」

見つめ合う夫婦を尻目《しりめ》に琥珀の腕環が揺れる左手で頭を掻《か》いたジーニーは、そっとドラドを見た。

ドラドは師匠であるシュリーとその夫レイモンドのイチャイチャについていけず早々に虚無の境地にいてジーニーの視線には気付かない。

一歩引いたところからはリンリンが全く動じず一連の流れを見ている。

そんな只中にあってジーニーは、ふと辺りを見回した。

「んー？　……ランシンは何処だ？」

◇

『藍芯《ラン・シン》！　貴様、いったいどういうつもりだ？』

同じ時、シュリーの兄、釧の皇太子紫鷹は、宦官《かんがん》であるランシンに詰め寄っていた。

『朝陽公主を連れ戻せという父上の書状を受け取ってから、随分と経《た》つはずだ。宦官である其方には皇帝陛下たる父上の命令を拒絶する権利などない。それともこのまま死にたいのか？』

「……ッ」

普段から無表情なランシンは、紫鷹に左肩を押さえ付けられて僅かに柳眉を寄せた。

『なんだ、効いていないのかと思ったが、やはり痩せ我慢をしていたのか。剣を振るう自慢の左腕が、最早使い物になっておらぬではないか』

その様子を見て鼻を鳴らした紫鷹は、憐れな美貌の宦官を見下ろしながら言い放つ。

『悪いことは言わない。こうしている間にも、父上の命令に背《そむ》き続けている其方の命は刻一刻と失われているはずだ。昔から其方のことを気に掛けてきた紫蘭は、其方を見捨てられないはず。命が惜しくば私に協力しろ』

「…………」

皇太子の脅しに返事をすることなく、ランシンは左肩を押さえたまま黙し続けた。

「ああ、そうだわ。ドラド、今度の視察の件なのだけれど、ジーニーを連れて行ってくれるかしら」

ジーニーとドラドが共同で作った魔道具を確認しながら、シュリーは弟子に向けてそう命じた。

「は、ジーニーをですか……？」

困惑するドラドの横では、期待に目を輝かせたジーニーが女神を見るかのような目でシュリーを見ていた。

「王妃様……約束を覚えていてくれたのか！」

ジーニーにドラドとの小旅行をプレゼントすると約束していたシュリーは嬉《うれ》しそうなジーニーに向けて得意げに頷《うなず》く。

「勿論よ。私が一度言ったことを違《たが》えるはずがないでしょう？　ドラド、彼は役に立つはずよ。日程の相談をしてあげて頂戴」

「分かりました。確かにジーニーがいればより詳細な調査ができるかもしれません」

「うんうん、何をしに行くのか知らないが、僕に任せてくれ」

調子良く笑うジーニーとドラドが去って行くのを見届けながら、シュリーは肩をすくめた。

「それにしても、私の夫を騙《だま》そうだなんて。ジーニーには困ったものですわ。あの性格はそう簡単には変わらないのでしょうね」

やれやれと首を振るシュリーは、呆《あき》れたように冷めた茶に口を付けた。細い手首に通された金の腕環が光を反射する。

その様子を隣で見ていたレイモンドはふと、妻や釧の皇太子、そして先程のジーニーにとある共通点があることに気付いた。

「ふむ。そういえば、そなた達……釧《セン》の者達は皆、左手に腕環を着けているのだな」

シュリーが嫁いで来た当初から着けていた腕環を見遣りながらレイモンドがポツリと呟けば、顔を上げたシュリーは自らの左手を見下ろし楽しげに微笑んだ。

「他国の者には馴染みのない風習でございましょうね。この腕環は、私の祖国である釧の名の由来でもありますのよ」

「名の由来……？」

カップを置いたシュリーは、外した腕環を夫へと渡した。

「釧とは、釧《くしろ》とも言いまして、腕環を指す古い言葉ですの。建国神話には創造の二神が釧を交わし国を造ったとあり、釧の宮廷では身分を示す道具として装着が義務付けられているのです」

「ほう。興味深い文化だな。身分を示す、とはどのように使い分けされているのだ？」

いつかも間近で見たことのある金の腕環を眺めながらレイモンドが問えば、シュリーは悪戯をする子供のように笑った。

「腕環の素材や色、形、彫刻によって身分が異なるのですわ。例えば兄様が着けている銀玉瑞祥釧《ぎんぎょくずいしょうせん》は皇太子の証し。ジーニーが着けている一玉琥珀釧《いちぎょくこはくせん》は彼の生家金《ジン》家の跡取りの証し。そして私が持つこの金玉四獣釧《きんぎょくしじゅうせん》は……」

レイモンドの手の中にある金の腕輪を見下ろし、シュリーはニンマリと口角を吊り上げた。

「国家の最高権力者。即ち本来であれば皇帝の証しとされる、釧の国宝なのです」

「……は？」

腕環を持ったまま固まった夫を見て、シュリーはクスクスと楽しげな笑い声を漏《も》らす。

「国宝？　皇帝の証し？　それをどうしてそなたが……」

「数年前のことです。少々、父の所業に腹が立ったことがございまして。意趣返しにと、父が後生大事にしていたこの腕環を私の元に来るよう仕向けたのですわ。酒に酔った父を上手《うま》く煽《おだ》てて言いくるめ、貴族達の前で私にこの腕環を譲ると宣言させて……」

ニヤリと悪い顔で美しく笑う妻を見て、レイモンドは苦笑するしかない。

「そなたはまったく。いつぞやは、この腕環のことを釧では平凡なものだと言っていたではないか」

「皇帝など私に比べれば平凡な存在ですもの。それを象徴するその腕環もまた、平々凡々に変わりありませんわ」

実の父親を鼻で笑うシュリーを見て、レイモンドは柔らかく目を細めた。

「傲慢だな」

「あら。私のシャオレイは、私のそういうところもお好きなのではなくて？」

「勿論だ」

夫の真《ま》っ直《す》ぐな瞳《ひとみ》に溢《あふ》れんばかりの愛がこもっているのを見て気を良くしたシュリーは、釧の腕環について更に説明を始めた。

「こういった金属製の釧は一部の高貴な者にしか許されないのですわ。後宮では身分の低い者は組紐《くみひも》でできた釧を着けたり、紐《ひも》に数粒の玉を通したりしておりますわね。同じ紐釧でも色や素材がその者の所属を示すのです」

「ふむふむ。階級が一目で分かるのは画期的だな」

感心したような夫に、シュリーは祖国の風習についての説明を続けた。

「そうでございましょう？　更に面白《おもしろ》いのが、釧の衣装は袖《そで》の長いものが一般的です。身分を隠したい場合は長い袖で腕環を隠すことも可能なのですわ」

「成程。だからランシンは常に長い袖で手を隠しているのか」

「左様でございますわ。宦官《かんがん》、それもランシンのように皇帝に選ばれた高位の者は黒蛇釧という黒檀でできた腕環を与えられますの。この腕環には古より続く呪術が込められておりまして……」

と、そこで、機嫌良く説明していたシュリーの言葉が止まる。

「シュリー？　どうした？」

妻の様子がおかしいと気付いたレイモンドがすかさず呼び掛けると、シュリーは顔を上げて夫を見た。

「私としたことが。どうして思い至らなかったのかしら」

シュリーが思い出したのは、つい先日のとある違和感だった。

シュリーの為に扉を開けたランシンは、利《き》き手《て》の左手ではなく、右手を使っていた。些細《ささい》な違和感であれど、見逃していいものではなかった。

「陛下、急ぎランシンの元へ向かいましょう」

「ランシンがどうかしたのか？」

レイモンドの腕に縋ったシュリーは、眉《まゆ》を寄せる夫へ向けて静かに口を開いた。

「早くしないと、手遅れになりますわ」

◇

『何をしているの、兄様』

ランシンを見付けたシュリーとレイモンドは、ランシンに詰め寄っている体勢の紫鷹《ズーイン》を見て割り入るように声を掛けた。

『……何だ、気付いたのか？』

ランシンから離れた紫鷹が舌打ちするのを無視して、シュリーは自分から目を逸らすランシンの前に立った。

「ランシン。左袖を捲りなさい」

「……」

シュリーに命じられ観念したランシンが、そっと長い袖を捲った。

「ッ⁉」

露わになった腕を見て、レイモンドが思わず息を呑《の》む。

いつも長い袖に隠れていたランシンの左腕は、手首から這い上がるようにしてグルグルと巻き付いた黒い腕環によって締め上げられ、青紫色に変色していた。

「これはいったい……」

『それなりに進行しているな。もう時間がないんじゃないか』

驚くレイモンドの隣で、刺々しく紫鷹が呟いた。黒い腕環は蛇のように手首から二の腕を伝い肩に掛《か》けてまでを痛々しく締め上げている。

「何故《なぜ》言わなかったの？」

「……」

シュリーの問いに、ランシンは黙り込んだ。

「このまま黒蛇釧が左腕を伝って心の臓に届けば、お前は死ぬのよ？」

釧の宦官……特に皇帝の身の回りを世話する高位の宦官に選ばれた者は、宦官の身になる時にこの黒蛇釧を装着させられる。

釧《くしろ》であり鎖《くさり》でもあるこの腕環には強力な呪術が込められており、皇帝の命令に背《そむ》けば腕を締め上げ戒めて、それが広がれば命を落とすように呪《のろ》いが掛けられている。

絶対的な皇帝の手先を作り、裏切りを防止するための手枷。その呪いの効力が、少しずつランシンの命を蝕《むしば》んでいた。

「娘娘《ニャンニャン》、どうかこの通りです」

跪いたランシンは、痛々しい左手を上げて右手と合わせ、シュリーに向けて拱手《きょうしゅ》した。

「私のことをお見捨て下さい」

「ふん、何を言い出すかと思えば」

頑《かたく》なに姿勢を解かないランシンを見て、シュリーは溜息《ためいき》を吐いた。

「父上から何を命じられたの？　私を連れ戻せとでも？」

「……はい。ですが、私にはできません。幸せそうな娘娘とレイモンド陛下を引き離したくはありません。私を救って下さった娘娘には幸せに生きて欲しいのです」

「馬鹿《ばか》ね」

ランシンへ近付いたシュリーは、痛々しく震えるランシンの左腕をそっと下げさせた。

「父上の手の届かないところに置けば、その黒蛇釧なんて無意味だろうと思っていたわ。この国に来た兄様に書状か何かを持たせていたのかしら。まったく。普段は酒と色に溺れているくせに、そういうところは頭の回る男だこと。少し父上のことを見縊《みくび》っていたようね」

そしてシュリーは、レイモンドの方を見た。

「陛下」

愛する妻に呼ばれたレイモンドは、寄り添うようにシュリーの隣に立つ。

「どうした、シュリー」

「事情はお聞きになりましたでしょう？　頑固なこの男は私達の幸せの為に死ぬつもりのようですわ。私達がそれを許すとでも思っているのでしょうかしらね」

「……実はランシンの様子がおかしいと思ったことがあったのだ。その時にちゃんと話を聞いてやればよかった」

「あら、陛下もですの？　私も、違和感を覚えたことがございましたの。懐妊や式典のことで少々立て込んでおりましたものね。これは私達の落ち度ですわ」

「そうだな。すまない、ランシン」

謝罪を口にしたレイモンドに、ランシンは目を見開いた。

「何を……そんな、どうかおやめ下さい。これは私の問題です」

「いや。臣下の異常に気付かないのは君主の落ち度だ」

言い切ったレイモンドは、真っ直ぐな瞳をランシンに向けていた。グッと迫り上がるものを押し込んで、ランシンは顔を伏せる。

しかし、頭上から聞こえてきた次のシュリーの言葉に、再び勢いよく顔を上げた。

「陛下。私、この腕環の呪いを解いてやろうと思いますの」

「いけません、娘娘！　御身には大切な御子が宿っております。私のような者の為に無茶をしてはなりません」

必死に言い募るランシンを見て、シュリーは鼻を鳴らした。

「無茶ですって？　私を誰《だれ》だと思っているの。この程度の呪い如《ごと》き大したことないわ」

「ですが……！　解呪には、失敗すれば術者に呪いが跳ね返る恐れがあります！　娘娘をそんな危険に晒《さら》すわけには参りません！」

普段は寡黙なランシンが声を荒らげるも、シュリーはそんなランシンを一蹴した。

「私を甘く見ないで頂戴。そんな腕環一つ、いつだって外せたわ」

「⁉」

厳しい目をしたシュリーは、目を丸くするランシンを見下ろしながら淡々とそう口にした。

「私が今までその黒蛇釧を残してやっていたのは、お前の為よ。父上の浅ましい欲望のせいで宦官に落とし込められたお前にとって、その黒蛇釧は手枷であると同時に、皇帝陛下の側付きという地位と身分を証明するものでもあるわ」

釧を出る時に、シュリーはリンリンとランシンを連れて行くと決めた。そして連れて行くからには、生涯面倒を見てやるつもりだった。

しかし、もし自分に何かあった時、人間ではないリンリンはどうとでもなるとして、ただの人間でしかなく、更には宦官の身であるランシンには、祖国に戻る選択肢を残してやるべきだと思った。

「お前が釧に帰りたいと思った時に、それがあれば幾らでも大成することができると思ってのことよ。だけれど、その所為でお前の命が危うくなるというのなら、そんなものは外しておしまいなさい」

「……」

簡単なことのように言うシュリー。呆然《ぼうぜん》としたランシンの前で、シュリーはレイモンドに目を向けた。

「陛下。理屈上は少々無謀な賭《か》けの部類になるでしょうけれど、私であれば絶対に成功させる自信がございます。莫大な魔力を消費せねばなりませんが、丁度よく今の私の体には二人分の膨大な魔力が宿っておりますの。ランシンの解呪をお許し頂けませんこと？」

腹の子の魔力まで利用しようと言うシュリーに、レイモンドは一度だけ目を閉じてから答えた。

「……そなたが絶対にできると言うのであれば、私はそれを全面的に信じるのみだ。やってやりなさい」

「シャオレイ」

いつだって自分を信じてくれる夫。内心では心配で堪らないくせに、やりたいようにさせてくれる愛する夫の存在に、シュリーがどれだけ救われて力を貰《もら》っているか。

「心配には及びませんわ。何せ私、解呪には多少の心得がございますの」

頼もしいその言葉を聞いたレイモンドは、心配を押し退けて笑ってみせた。

「私はいつでもそなたを信じている。私からも頼む。ランシンを救ってやってくれ」

「なりません、そのような危険を！」

まだ戸惑うランシンを見下ろして、シュリーは無慈悲に告げた。

「往生際が悪いこと。お前が心配するのは私の体ではないわ。黒蛇釧を失い釧の宦官としての地位を完全に失った後の身の振り方をよくよく考えなさい。私のことを心配するのは陛下の特権なのよ」

何も言えなくなったランシンへ向けて、シュリーは手を差し出した。

「左手を出しなさい。さっさと済ませてしまいましょう」

数秒間躊躇した後、結局ランシンは目の前の主人の眼差《まなざ》しに負けて、己《おのれ》の手を差し出した。

「少々痛むかもしれないけれど、こんなになるまで黙っていたことの代償だと思って耐えなさい」

痛々しいランシンの左手に触れたシュリーは、そう言うと真言を誦《しょう》しながら片手で印を結ぶ。

「……ッ！」

するとランシンの腕に巻き付いていた黒蛇釧はのたうち回る蛇のようにうねり、先からボロボロと崩れてあっという間に消滅した。

締め付けられた跡だけが残った左腕を呆然と眺めながら、あまりにも呆気《あっけ》ない自由にランシンは暫くの間放心していた。

「シュリー、問題はないか？」

恐る恐る問い掛けたレイモンドを振り返り、シュリーは美麗に微笑む。

「勿論ですわ。この子から魔力を奪い取って使いましたので、それほど魔力を消耗しないで済みました。何より膨れ上がっていたこの子の魔力を減らせて体が楽になりましたわ」

腹を撫でながらクスクスと笑う、自分の子にすら容赦のないシュリーを見てホッと胸を撫で下ろしたレイモンドは、妻の肩を抱き寄せると放心するランシンへと目を向けた。

「ランシン、そなたはどうだ？」

「あ……、問題ありません」

どこか現実味のない顔で二人を見上げたランシンは、自分を蝕んでいた手枷がもうないのだと実感すると、まだ痛々しい跡の残る腕で丁寧に拱手をした。

「娘娘、陛下、申し訳ございませんでした。そして心からの感謝を申し上げます」

「そんなことはどうでもいいわ。それよりも、黒蛇釧を失い釧での身分を失くしたお前は、これからどうしたいの？」

ランシンの謝罪と感謝をさらりと流したシュリーが問えば、ランシンは迷うことなくレイモンドへ頭を下げた。

「レイモンド国王陛下、お願いでございます。どうか何者でもなくなったこの私を、陛下と娘娘の側付きとしてこの国に置いて頂けませんでしょうか」

「シュリーだけでなく、私にも仕えたいと？」

「はい。お許し頂けるのであれば。この生涯を懸けてお二人にお仕えしたいのです」

切実な瞳のランシンを見て、レイモンドはそっと苦笑を漏らしながら頷いた。

「ああ、分かった」

自由を手に入れた途端に願うのがそんなことなのかと、ランシンの境遇に想《おも》いを馳せつつ、ただただ受け入れたレイモンドは、ふと以前妻から聞いた話を思い出した。

「実はな、シュリーから聞いて嬉しかったことが一つある。そなたは私がいない場でもシュリーと話す時にアストラダム語で話しているらしいぞ。自分では気付いていないのではないか？　そなたは既にこの国の人間だ。優秀なそなたが側にいてくれれば心強い。これからも宜しく頼む」

驚くランシンを見て更に笑みを深めるレイモンドの横から、黙って話を聞いていたシュリーが声を上げた。

「お待ち下さい。私からも一言よろしいかしら」

不安そうなランシンを見下ろしながら口を開くシュリー。

「よいこと？　今後お前がすべきことは、何かあれば私や陛下を信じて頼ることよ。一人で耐え忍ぼうだなんて高慢な考えは捨てることね。でなければもう側には置かなくてよ」

厳しい物言いとは裏腹に、シュリーの瞳は優しかった。

国王夫妻の温かな眼差しに迎え入れられたランシンは、緊張が解けて眉目秀麗な無表情を歪《ゆが》ませ、黒い瞳からボロボロと涙を流した。

「……是」

何とか頷いたその声は震えていた。

「あらあら、まあまあ。この子ったら、しょうのない子ね」

日に日に心臓に近付く呪いを目の当《ま》た《あ》りにするのはどれ程怖かったことか。

それでも二人の幸せを壊したくはないと一人で口を噤んでいた不器用で優しい青年に、シュリーとレイモンドは苦笑を浮かべながら手を差し伸べたのだった。

◇

『なんてことをしたんだ⁉　紫蘭《ズーラン》！　黒蛇釧を破壊したのか？　正気か？　皇帝陛下の子飼いを解

放するとは、陛下に対する反逆だぞ⁉　絹や磁器の件も相まってお前は万死に値する‼』

水を差すように怒鳴る兄に向けて、いい加減にうんざりしたシュリーは鋭い声を上げた。

「閉嘴（お黙りなさい）！」

魔力の混じった威圧に尻餅《しりもち》をついた皇太子は、信じられないものを見るかのように妹を見上げた。

『あ、兄に向けてなんてことを……』

『妹からの敬意をご所望なら、もう少しマシな言動をして頂きたいものですわ。釧を出立して随分経《た》つはずですのに、まだお分かりになりませんの？　兄様、この世界は釧が全《すべ》てではございませんのよ』

シュリーは、異国の地に滞在することで物分かりの悪い兄が少しでも考え方を改めてくれるのを期待していた。

しかし、この期に及んで何一つ学ばない兄の姿にこれ以上の期待は無駄だと判断した。

そうとなれば、この分からず屋の兄の目を覚まさせるには、荒療治が一番手っ取り早い。

『こんなものが何だと言うのです』

左腕から皇帝の証しである釧の国宝、金玉四獣釧を抜き取ったシュリーは、兄の目の前でそれを床に放り投げ、足を上げた。

『や、やめろ……ッ‼』

顔面を蒼白にした皇太子の悲痛な悲鳴が響く中、シュリーは兄が生涯を懸けて手に入れたいと欲する金の腕環を無惨にも踏み付けにした。

第十章　螻蛄才

華奢《きゃしゃ》で小柄ながらも強靭なシュリーと、純金の腕環。

ぐんにゃりと歪《ゆが》んだ国宝を見て、皇太子紫鷹《ズーイン》は絶望したように膝《ひざ》を突いた。

『……釧《セン》……父上の、皇帝の証しが……』

震えながら腕環に手を伸ばす兄の目の前で、シュリーは再び皇帝の証しを踏み付けた。

『父上が何だと言うのです。あんなのはただの色狂いの爺ではありませんか』

『お前……！』

紫鷹は生まれた時から世継ぎとしての教育を受けてきて、父である皇帝が誰《だれ》よりも偉いと教え込まれてきた。

父に対する不満を持ってはいても、それを決して外に出さなかったのは、そうすることが大罪だと刷り込まれてきたからだ。

それなのに。この妹は、父の覚えがめでたいのを良いことに、異国の地で好き勝手に父のことを罵倒している。

父が気に入っている宦官《かんがん》を勝手に解放したことも、蚕の国外持ち出しも、磁器の技法の流出も大罪だ。

絶対に赦してはならない。

そして仕舞いには異国の王の子を身籠《ご》もり国宝の金玉四獣釧《きんぎょくしじゅうせん》を踏み付けにした。

妹を罰しなければ、と体中の血液を滾《たぎ》らせた紫鷹は、次の瞬間に思い知る。

誰ぞあの反逆者を捕らえろ、と口に出そうとして、ここが異国の地であると漸く思い至ったのだ。

それも周囲には、妹を敬う従者と何よりも妹を大事にしているこの国の国王がいる。

手の出しようがなく、そして、妹がこの国にいる限り、どうしようとも妹を捕らえることができないと、今更になって気付く。

ここが釧だったならば。あの性悪の妹を火炙りにでも斬首にでもできたものを。

『雪紫蘭《シュエ・ズーラン》！　このままで済むと思うなよ……！』

『あら。面白《おもしろ》いことを仰《おっしゃ》いますのね、兄様ったら』

片頬《ほお》を吊り上げたシュリーは、レイモンド以外には邪悪にしか見えない顔で兄を嘲笑う。

『それで、いったいどうする気ですの？　釧に使いでも出しまして？　釧から返事が来るのはいつになることやら。それとも私をこの場で亡き者にでもしようと？　剣すら持てない軟弱な兄様が？　一人で万の敵を屠《ほふ》ったことのある私相手に？　どうやって勝つ気なのかしら？　ハッ！　片腹痛いこと』

ケラケラと悪鬼のように邪悪な顔で笑い転げる妹に、紫鷹は顔を真《ま》っ赤《か》にして怒りに拳《こぶし》を握り締めた。

『いつか絶対に思い知らせてやる！』

目を血走らせてこの期に及んで理解力の乏しい兄が叫ぶのを見て、シュリーは笑みを消した。

『いい加減になさいませ。寝言ばかりほざいていないで、目を覚ましたら如何ですの？　兄様は父上や私に拘《こだわ》りすぎなのですわ。もっと広い視野を持たねば、とても君主など務まりませんことよ』

『な、な……ッ！』

女の分際で偉そうに説教する妹を憎悪の眼差《まなざ》しで見上げながら、言葉を失う紫鷹。

顔を赤くしたり青くしたりと忙しそうな兄を見下ろしながら、シュリーは更に追い討ちをかける。

『そんなに欲しいのでしたら、そんなもの幾らでも差し上げますわ』

歪んだ金玉四獣釧をゴミのように足蹴《あしげ》にしたシュリーは、兄の目の前でコロコロと回る腕環を鼻で笑い飛ばした。

喉《のど》から手が出る程に渇望した国宝が酷い扱いを受ける様にショックを受けた紫鷹は、暫くの間放心状態で金の塊を見下ろしていたのだった。

「なんだいなんだい、途轍もなく大きな霊力の波動を感じたんだが」

と、そこに駆け付けてきたのは、ジーニーとドラドだった。

「お師匠様、ご無事ですか？」

何事があったのかと状況を確認したジーニーは、ランシンの左腕に残る跡を見て何が起こったのかを把握した。

「って、うわぁ。君、まさか黒蛇釧の呪《のろ》いを解いたのか？　無茶するなぁ。皇家の古代呪術なんて僕なら怖くて手が出せないよ。しかも解呪に腹の子の霊力を使ったな？　胎児相手に容赦がなさ過ぎる。獅子じゃあるまいし。まったくどうなってるんだ君の能力は。化け物じゃないか」

「あら。金家《ジン》の跡取りともあろう者が情けない。これしきの術程度どうってことなくてよ」

ニヤリと笑うシュリーの足元に蹲《うずくま》る皇太子と、ひしゃげた金の腕環を見つけたジーニーは、その後の兄妹のやり取りも察して更に呆《あき》れた顔を昔馴染みに向けた。

「……君、本当に滅茶苦茶だな」

溜息《ためいき》を吐いたジーニーは、まだ放心したままの皇太子の前まで来ると、自らの左腕から琥珀の腕環を取り外して床に置いた。

『……は？』

目の前に置かれた腕環に、訳が分からないと顔を上げた皇太子を見遣って。ジーニーは、人の悪い笑みを浮かべた。

『殿下。釧に帰るのなら、僕の生家にソレを届けてくれません？　僕にはもう必要ないので』

『な、何を言っている？　これは金家《ジン》の家宝だろう？　跡継ぎの証しじゃないか。本来であれば何をおいても守るべきものだろう！　こんなに大切なものを手放すだと？　とうとう気でも狂ったのか？』

『だから、もう必要ないんですよ。僕はこの国に残ることにしたので。釧に帰る気はありませんから』

あっけらかんと言い切ったジーニーを見て、皇太子は更に混乱した。

目の前で国宝が踏み付けられ、自分の非力さを思い知らされた挙げ句、他家の家宝とはいえ命よりも大切にすべきはずの腕環を無価値のように扱う公子。

自分の中に確固として根付いていた常識が音を立てて崩れていくような感覚に、紫鷹は途方に暮れた。

『兄様。よくよくお考えになった方がよろしいわ。どちらにせよこの国でこれ以上できることなどないでしょう？　このまま何の成果も上げず釧に戻れば、怒り狂った父上に廃嫡されるかもしれませんわね。私に取り縋るのであれば、助けて差し上げないこともなくてよ』

『巫山戯《ふざけ》るな……！　誰がお前なんぞに頼るものか！』

目に涙を浮かべた紫鷹は、それだけ吐き捨てるとひしゃげた金玉四獣釧と金家の一玉琥珀釧《いちぎょくこはくせん》を大事に懐《ふところ》に抱えて走り去って行った。

◇

『何なのだ……いったい、どうしてこんなことに』

捨てられた二つの腕環を見下ろしながら、釧《ジン》の皇太子紫鷹は異国の地で独り途方に暮れていた。

左腕に着けられる腕環は釧の国では自らを示す何よりも大事な宝。それを必要ないと床に投げ捨てた、妹と名家の公子。

紫鷹は自らの左腕に光る銀の腕環を何よりも大切にしてきた。

この腕環があればこそ、父から酷い罵倒を浴びようと、妹がその能力で民衆の支持を得ようと、父の跡を継ぐ皇太子は他でもない自分自身であるのだと自分を奮い立たせることができたからだ。

それを手放せと言われることは、死ねと言われるのと等しい。

それ程までの重みが、釧《セン》の国の釧《くしろ》にはあるのだ。

にも拘《かか》わらず……どうしてこんな仕打ちができるのか。

踏み潰《つぶ》された歪な金の腕環を手に取った紫鷹は、妹や公子のことが分からなかった。

釧の誇りを捨てた異端者。

あの二人を相手に紫鷹の常識など通じる気がしない。

もう、このまま国に帰りたい。

しかし、妹が言う通り、手ぶらで戻れば父はきっと激昂する。

廃嫡ならばまだいい方だろう。下手をすればその場で斬り捨てられ、皇后である紫鷹の母は冷宮送りだ。

最悪な未来しか想像できない紫鷹は、窓から異国の地の夜空を見上げた。

どんなに遠くとも、釧で見るのと同じ星座があることに気が付き、紫鷹はほんの少しだけ息を吐いた。

その時。部屋の外から皇太子に呼び掛ける声が聞こえてきた。

入室を許可すれば、アストラダム語が話せるという理由で使節団に参加していた下級貴族の一人が、遠慮がちに顔を覗《のぞ》かせる。

『殿下、レイモンド国王がお呼びとのことです』

『国王が？』

それを聞いた紫鷹が真っ先に思い浮かべたのは、何かの罠《わな》ではないか、という疑念だった。

あの妹を手懐ける、得体の知れない国王。

今度は何を考えているのか。

どちらにしろ、紫鷹にはもう何も手が無い。ヤケクソで国王に探りを入れる機会と思えば、応じるのも有りか。

『準備をするので暫し待て』

通訳の男にそう告げて、紫鷹は立ち上がった。

◇

『義兄上殿。突然で申し訳ないが、少々お付き合い頂けないか』

満面の笑みで紫鷹を迎えたアストラダムの国王レイモンド二世は、ワインを片手に気安く妻の兄を晩酌に誘った。

『……何を企《たくら》んでいるのだ？』

警戒しつつも、紫鷹は滞在中の国の国王からの誘いを無下にするわけにもいかず、取《と》り敢《あ》えず腰を下ろした。

『貴殿とは一度、腹を割って話してみたいと思ってな。ワインはお嫌いだろうか？』

銀の杯に注《そそ》がれた異国の葡萄酒を疑《うたぐ》り深く眺めながらも、紫鷹は杯を手に取った。

『酒は嫌いではないが、このような血のように赤く品の無い酒はあまり口にしない』

『シュリーは気に入っていたのだが。懐妊する前は、よくこうして二人で杯を酌み交わし互いの話をしていた』

ふんわりと微笑んだレイモンドは、愛しの王妃を見遣る時のように目を細めながら己《おのれ》の手の中の杯を見下ろしていた。

『あの紫蘭《ズーラン》が？　男と二人で酒を？　男嫌いで有名なあの妹が、そのように懐くとは。貴殿はいったい、妹に何をしたのだ？』

鋭い眼差しを向けられても尚、レイモンドは柔らかく笑っていた。

『何をしたかと言われれば、特には何もしていない。それなのにシュリーは私の元に居てくれる。私にとってシュリーは、初恋の相手であり、生涯の伴侶であり、来世でも共にありたいと願う運命なのだ』

レイモンドの言葉に、紫鷹は鳥肌を立てた。

『そういう歯の浮くようなことばかり言って、恥ずかしくはないのか』

どうにも釧で育った紫鷹には、愛とやらを直球で表現する西洋の文化が理解できない。嫌そうな顔を隠しもしない紫鷹へ向けて、レイモンドは首を傾げた。

『妻への愛を表現することの何が恥ずかしいのだろうか？　そうそう、あの皿も、シュリーからの贈り物だ』
国王の指した方を見た紫鷹は、目に入った皿を見て目を眇《すが》めた。
一見すれば見事としか言いようのない、藍花《ランファ》と呼ばれる白地に青い絵付けの施された磁器の皿。
しかし、よくよく見ると絵柄に混じって釧の文字が隠れていた。

【我愛你小蕾《ウォーアイニーシャオレイ》】(愛してるレイちゃん)

どう見てもそう書かれている。目を擦《こす》っても、睨《にら》み付《つ》けても、やはりそうとしか書かれていない。

あの、玉座の間で見た例の書と同じ巫山戯た文言。

『……貴殿はあの妹の何処が良いのだ？　あんな馬鹿《ばか》げた悪戯を仕掛けてくる性悪女、私であれば願い下げだ』

皿から目を逸らした紫鷹がそう問えば、レイモンドはスラスラと語り出した。

『挙げればキリがないが、時々本気で目が蕩《とろ》けるのではと思う程に美しい容姿は勿論、自信に満ち溢《あふ》れた強い心も、そうかと思えばふと見せる恥ずかしがり屋な面も、少々苛烈で嫉妬《しっと》深いところも、何でもできてしまう才能も、全《すべ》てを見通すほどの聡明さも、キラキラと輝いているあの黒曜石のような瞳《ひとみ》も、煙管を咥える時の妖艶さも、子供のような笑い声も、何もかもが愛おしい』

『……』

怒涛の甘い賛辞に、紫鷹は白目を剝いた。

『それに何より、やることなすことの全てが可愛《かわい》い』

『可愛い？　あの女が？　世界広しと言えど、あの女を可愛いと思うのは貴殿くらいだろう。私からすれば気が触れているとしか思えないが』

呆れ果てた紫鷹は、聞かされた甘ったるい惚気話を流し込むようにワインの入った杯を呷った。

『ん？　なんだこの酒は、思ったより美味じゃないか』

『気に入って頂けたか？　では、義兄上殿。もう一杯お注ぎしよう』

なみなみと注がれた杯を、紫鷹は再び呷り、あっという間に空にした。


『どいつもこいつも、私を何だと思っているのだ！　私は次期皇帝、皇太子だぞ！　それを空気のように扱い、紫蘭ばかりを取り立てては引き合いに出し、私を凡庸だと馬鹿にするのだ！　悍《おぞ》ましく愚かしい奴等《やつら》め』

数分後、顔を真っ赤にして叫ぶ紫鷹は、異国の慣れぬ酒に泥酔していた。

『義兄上殿、もうその辺に……』

『貴殿にこの苦しみが分かるか⁉』

次から次へとワインを注いでは呷る紫鷹を止めようとレイモンドが手を伸ばせば、紫鷹は据わった目で義弟を睨み付けた。

『凡庸だと、平凡だと、何の取り柄もないと、妹の影のように扱われるこの苦しみが、分かるものか！』

泣き出す勢いの紫鷹を見て、レイモンドは静かに溜息を吐いた。

『分からなくは、ない』

『なんだと?』

『私も、平凡で摑《つか》みどころがないと、長年言われてきた。だから義兄上殿の気持ちがほんの少しは分かる気がする』

自らの杯を空にしたレイモンドは、自嘲気味に笑った。

『と言っても、私の場合は自業自得なのだが』

『どういうことだ、貴殿は民からも、あの妹からも愛され慕われているではないか。今の立場は順風満帆に手に入れた地位じゃないのか?』

レイモンドの言葉に興味を惹《ひ》かれたのか、酔いながらも話を聞く姿勢を見せた異国の皇太子に、レイモンドは自らの境遇を話し出した。

『私は元々、優秀な王太子を兄に持つ第二王子だった。叔父であるフロランタナ公爵は私のことを、二番手の代替品だと称していたな。それくらい私にとって王位は遠かった』

『……』

王妃である妹に愛され、臣下に慕われ国民からも支持を受けるこの国王が、自分が未来で手に入れたい姿そのもののこの君主が、決して順調に歩んで来たわけではないと知り、紫鷹は衝撃を受けた。

『私の父である先王と、その弟であるフロランタナ公爵は昔から仲が悪くてな。子供心にそれを感じていた私は、大好きな兄とそんな関係になることが嫌で、幼少期から目立たぬことを心掛けていた。兄と対立する立場ではなく、陰ながら補佐する立場でありたいと思ったからだ。その結果私は、アカデミー時代には平凡で掴みどころがない、影の薄い王子となっていた』

貴族派を従えていたフロランタナ公爵のように派閥を作ることもしたくなかったレイモンドは、友人すら作らなかったと語った。

それで王家が円満に、兄との関係が大人になってもずっと良好でいられるなら、それで良かったと。それだけが望みだったと。

『しかし、ある日突然その未来は奪われた。フロランタナ公爵の手により私の両親と兄が殺されたのは貴殿もご存知の通りだろう』

『それは……』

釧の皇家にアストラダム国王との縁談話が持ち上がった経緯は、紫鷹も既に聞かされていた。権威を恣《ほしいまま》にしていたフロランタナ公爵が、甥である若き国王レイモンドの権力を削ぎ意のままに操《あやつ》るために仕組んだものであったと。

『叔父の言葉は正しい。私は二番手の代替品だ。その為の教育は受けていたし、兄に何かあった場合の心づもりはできているはずだった。だが、家族を失い、信頼する友も臣下もなく、評判が良いわけでもなかった私は、軽んじられ政権を叔父に乗っ取られた』

横から手柄や評判を掻っ攫われ、惨めになるその気持ちが痛いほど分かる紫鷹は、いつの間にかレイモンドに感情移入していた。

『それは貴殿が悪いわけではない。人のものを奪う、下劣な公爵が悪いのではないか』

親身な義兄の言葉に、レイモンドは首を横に振った。

『いや、違う。悪いのは私だ。王族に生まれた以上、最悪の場合を想定しておくべきだった。王家を思い国を思うなら、兄に何かあった時に備えて自分の勢力を持つべきだったのだ。それで兄との仲が険悪になろうとも、兄に嫌われたくないなどという甘い考えは捨てるべきだった』

『……レイモンド殿』

揺れる黄金の瞳を見て、自分のことのように胸を痛めた紫鷹は、レイモンドの杯にそっとワインを注いだ。

『しかしな、義兄上殿。私は幸運だった。自己嫌悪と後悔と侮蔑にまみれた私の人生に、突如光明が差したのだ。私の道を照らし、翼を授け、この国に根を張らせてくれた存在がいた。誰よりも強く美しく聡明で、そして私を愛してくれる妻。私の王妃となったシュリーだ』

『……』

紫鷹は複雑だった。憎い妹のお陰で今の地位を手に入れたというレイモンドは、本当に幸せそうだった。

『シュリーはただ手を差し伸べてくれただけではない。私の心に寄り添い、愛することを教えてくれた。そうしてこの国さえも救ってくれたのだ』

妹の狡賢さは誰よりも知っている。

だからこそ、妹であれば容易に政権をひっくり返したことも納得できるが、それがまた紫鷹の中に渦巻く妹に対する劣等感を煽る。

『義兄上殿。私は、独りでは到底立っていられなかっただろう。立ち向かうこともできず、叔父に国を乗っ取られ、無意味な人生を搾取されて早々に終えていたかもしれない。シュリーがいなければ、私の人生は今も暗闇《くらやみ》の中だっただろう』

杯を呷ったレイモンドは、その真っ直《す》ぐな金色の瞳を紫鷹に向けた。

『シュリーを……貴殿の妹を、頼ってみても良いのではないか』

『……ッ！』

息を呑《の》んだ紫鷹は、ギュッと拳を握り締めた。

『己の信念や思い込みに囚われ過ぎていては、本当に重要なことを見逃してしまう。私はそれを、骨身に染みて知っているのだ。貴殿には、あのような思いをして欲しくはない』

『……』

黙り込んだ紫鷹へ向けて、レイモンドは柔らかく微笑んだ。

『要らぬ世話であったなら忘れてくれ。随分と引き留めてしまったな。久しぶりに〝兄〟と話せて楽しかった。感謝する、義兄上殿』

土産だと言ってワインを持たせたレイモンドは、考え込んだまま去っていく紫鷹の背を見送り部屋に戻ると、暗がりにそっと呼び掛けた。

「シュリー、これで良かったのか？」

「完璧《かんぺき》ですわ、陛下！　流石は私の愛するシャオレイだこと」

するとそこには、何処からともなく姿を現したシュリーが、満面の笑みで両手を広げていた。

「よく分からないが、そなたの役に立てたのなら何よりだ」

愛する妻と熱い抱擁を交わしたレイモンドがそう言えば、シュリーは黒曜石のような瞳《ひとみ》を煌めかせて夫を見上げた。

「役に立てた、ですって？　それ以上ですわ！　私はお二人で酒を酌み交わして下さいとお願いしただけですのに、あの分からず屋な兄があんなに大人しくなるだなんて」

金玉四獣釧《きんぎょくしじゅうせん》を踏み潰《つぶ》し、タイミングよくやって来たジーニーが琥珀釧を外したことで、シュリーの兄である紫鷹《ズーイン》の常識にヒビが入った。

そのヒビの僅かな隙間《すきま》に、レイモンドの人柄を見せ付ければ兄の意識を変える切っ掛けになるのでは、というのがシュリーの計画だった。

あとは少しずつ、レイモンドが治めるこの国を見せることで兄の凝り固まった思考を変えようと思った。

しかし、レイモンドは想像以上に兄の心を捉え、あの兄から共感さえも引き出した。

他者を寄せ付けないことに関しては、シュリーよりもずっと頑固な兄。

他人を信じず自身の力を過信し、我を通そうとするあまり空回る兄の姿を、色んな意味で残念な目で見てきたシュリーにとって、レイモンドに同情する兄の姿は信じ難《がた》いものだった。

「大袈裟だな。私はただ言われた通りに義兄上殿とワインを飲んだだけなのだが」

ぽりぽりと頬を掻《か》くレイモンド。

思い返せばあの兄にとって、父のように上から押さえ付けるわけでもなく、シュリーのように劣等感を煽るでもなく、宮廷の者達のように皇太子の地位を利用しようと擦《す》り寄《よ》るわけでもなく、ただただ一人の人間として歩み寄ろうとする者は、レイモンドが初めてだったのかもしれない。

故意か無自覚かは定かではないが、レイモンドは兄のその隙に入り込み完璧《かんぺき》な方法で見事に懐柔してみせた。

レイモンドの見せた柔らかさこそが、あの兄の中でこびり付いて錆び付いた心を解いたのだ。

シュリーは、絶対的強者であり続けてきたが故に、人の心の機微に疎い。

そしてレイモンドに出逢うまで、他者を理解しようと努力したことはなかった。

人々は口々にシュリーを最強だと言う。その頭脳も能力も才も、並ぶ者はいないと。実際にシュリーは、敗北というものを知らない。

しかし、これだけは分かる。シュリーはこの先、きっと永遠に、レイモンドには勝てない。

シュリーはその事実を突き付けられ、噛《か》み締《し》める程に何よりも夫が愛おしくて仕方なかった。

「陛下はいつも、私の想定外のことをなさいますのね」

あの様子では、兄はきっと、明日にでも自分の元を訪れるだろう。

そう確信したシュリーは、最終的には力尽くで脅しでも洗脳でもして兄を従わせようとしていた計画が狂ったと、冗談っぽくレイモンドに詰め寄った。

「そなたの邪魔をしてしまったか？」

眉《まゆ》を下げた夫を見て、シュリーはふふっと笑った。

「左様でございますわ。陛下はいつもいつも私の邪魔ばかり。何一つ思い通りにはなりません。貴方様に出逢わなければ、私は今頃《いまごろ》自由に世界中を飛び回っていたでしょうに」

言葉とは裏腹に、シュリーの瞳にも表情にも、愛情がこれでもかと溢《あふ》れ出ていた。

その顔を見て様々なことを察したレイモンドは、妻の滑らかな頬に手を滑らせる。

「それでは私はこれからも、そなたの邪魔をし続けなければ。そなたは私だけの光だ。何処にもやりはしない」

グッと引き寄せられた腕の力が思いの外強く、ワインに火照った夫の体がいつもより熱く感じる中で、シュリーは楽しげな笑い声を響かせた。

一人の男の腕の中に束縛されて、こんなにも心躍る日が来るなんて。縛られることが何よりも嫌いだった過去の自分に教えてやれば、何と言うだろうか。

きっと、〝羨《うらや》ましい〟と空虚な瞳で嘲笑うだろう。

酒を飲んだわけでもないのに、今この瞬間の幸せに酩酊したかのように酔い痴れるシュリーは、愛する夫の腕に自ら身を寄せた。

自分に擦り寄り微笑む愛らしい妻を見下ろして、つられるように笑うレイモンド。

熱い抱擁を交わす二人の間で、シュリーの腹の膨らみは少しずつ存在を主張するようになっていた。

◇

『あらあら、まあまあ。兄様、私に何かご用でもございまして？』

翌日、シュリーの元にやって来た兄の紫鷹を見下ろして、シュリーは楽しげに口元を綻ばせた。

『……話を、聞くだけ聞いてやらないこともない』

全く以って素直ではない兄を見て、シュリーの中の悪戯心が湧《わ》き上がる。しかし、優しくシュリーの肩を抱くレイモンドの手に窘められ、シュリーは大人しく兄の前に立った。

『釧《セン》に帰る気になりましたの？』

『ああ、そうだ。だが、お前は既にこの国の王妃として生きる道を決めたようだ。お前を連れ帰ることは不可能だと分かった。どうすれば父上の怒りを受けなくて済むのだ？　何か手があるんだろう？　聞いてやらないこともない』

尊大な態度だけは崩そうとしない兄に呆《あき》れながらも、こうして自分の意見を聞きに来ただけでも充分な進歩かと、シュリーは兄の態度については気にしないことにした。

『よろしいですわ。それでしたら、取って置きの方法をお教え致しますわ。そうですわねぇ。まずは、昨日渡した金玉四獣釧をお返し頂けますこと？』

図々しく手を差し出したシュリーに絶句した紫鷹は、微笑を浮かべる妹へと鋭い目を向けた。

『踏み潰した上に足蹴《あしげ》にして寄越した国宝を今更返せだと⁉　やはりこの金玉四獣釧に未練がある

のか⁉』

喚き出した兄に向けて、シュリーは怯《ひる》むことなく言い放った。

『いいから早くお出しなさいませ。そんな歪な釧を持っていては、兄様の権威が落ちるだけでございましょう？』

『！』

シュリーが指を鳴らすと、紫鷹の懐《ふところ》からひしゃげた金玉四獣釧が飛び出してシュリーの手の中に収まった。

『何を……ッ！』

取り返そうと手を伸ばした紫鷹は次の瞬間、信じられないものを見る。

踏み付けられ潰れていた金の腕環が、妹の手の中で浮き上がり、くるくると回るにつれて元の形に近付いていく。

再びシュリーの手の中に落ちた腕環は、踏み潰される前の美しい形と四獣の模様を取り戻していた。

『私にとっては取るに足らぬものですが、釧の国では皇帝の象徴となる宝ですもの。新たな皇帝が歪な金玉四獣釧を着けているなど、皇家の恥でしてよ』

そう言ってシュリーは、元通りに修復された金の腕環を兄へと差し出した。

『どうして……ちょっと待て、〝新たな皇帝〟？』

理解が追いつかない紫鷹は、差し出された完璧な金玉四獣釧を前に呆然《ぼうぜん》としながらも、妹の言葉を反芻した。

『左様でございますわ、兄様。父上のお怒りは避けようがございません。であれば、残る手は一つ。貴方様が、父上を弑《しい》して新たな皇帝となるのです』

『……⁉』

絶句する兄の左腕を取ったシュリーは、そこに嵌《は》められた銀の腕環の上から金の腕環を嵌めた。

『簡単なことでございましょう？』

クスクスと笑う釧の三公主、朝陽公主《ちょうようこうしゅ》の位を賜る雪紫蘭《シュエ・ズーラン》は笑顔で――――彼女の夫にしてアストラダム王国の国王、レイモンド二世の言によれば、この時の彼女の微笑みは天使のようだったという――――釧の皇太子である兄に、謀反を唆した。

『な、な、何を⁉　正気か、そんなことをすれば……っ！』

『そんなことをすれば、どうなるのです？』

飛び上がった兄に相変わらず笑みを向け続けるシュリーは、何でもないことのように肩をすくめた。

『……わ、私の首が飛ぶではないかッ！』

言い募った紫鷹に向けて、シュリーは緩やかに首を振った。

『いいえ、兄様。父上を廃したところで、どうなることもございません。成功させれば良いだけのことです』

『……ッ！』

紫鷹は、目を見開いて妹を見た。

『父上は酒に溺れ、女に溺れ、女だけでは飽き足らず子供にまで手を出そうとする始末』

シュリーは一瞬だけ後方に控えるランシンを見てから兄に視線を戻した。

『国政は皇太子である兄様に丸投げし、軍事権は公主の私に預け、後宮に入り浸っては贅沢を極める一方、諫める諸侯を力で押さえ付け、民のことなど二の次で、気に入らぬ者は斬り捨て、耳触りの良い言葉を吐く者だけを重用するような、暗愚な天子です』

『や、やめろ紫蘭《ズーラン》！　堂々となんてことを』

畏れ多さに震える兄を無視して、シュリーは更に兄へと詰め寄った。

『暗君は天から見放されて天命が尽きてしまうのが世の常。天命の尽きた天子は歴史の中でどのような末路を辿《たど》りましたでしょうかしら？　歴史にお詳しい兄様ならよくよくご存知のはずですわ』

妹の迫力に気圧され、紫鷹の脳裏に恐ろしい言葉が浮かんだ。

『……易姓革命。つまり……お前はこのままだと、雪《シュエ》家の王朝が滅びると？』

『そうなる前に兄様が父上を廃し、雪《シュエ》家の天命が尽き果ててはいないことを天下に知らしめるのです』

『む、無理だ……私は剣すら真面《まとも》に持てないんだぞ⁉　父上を弑する……謀反など、私には絶対にできない！』

怯む兄を想定していたシュリーは、ニヤリと口の端を持ち上げて堂々と胸を張った。

『確かに、軟弱な兄様だけなら不可能かもしれませんわね。ですけれど、釧の軍事権を預けられ、史上最強の軍師と呼ばれ、女の身でありながら大将軍の地位まで授けられ、釧国内のみに飽き足らず周辺の蛮族をも討伐し東洋の統一を成し遂げた戦の女神は、誰《だれ》だとお思いですの？』

ニヤリと笑ったシュリーがそう問えば、紫鷹はゴクリと唾を飲み込んで震える声で答えた。

『……我が妹。朝陽公主、雪紫蘭だ』

『その通りですわ。その私が、他でもないこの私が、味方になって差し上げると言っているのです。それでもまだ勝ち目がないなどと馬鹿《ばか》なことを仰《おっしゃ》る気ですの？　逆ですわ。勝ち目がないのは父上の方です。この戦は私が兄様に手を差し出した時点で既に詰んでいるのです。どう転んでも結果の変わらない、勝ち戦なのですわ』

ケラケラケラ、と高笑いをする妹の怪物のような思考に恐怖を覚えながらも、紫鷹は懸命に頭を働かせた。

今、ここで決断しなければ、紫鷹にはもう道がない。

どうせ釧に戻ったところでこれまで以上の不遇を強いられるくらいなら、化け物のようなこの妹の手を取るべきなのか。

しかし、よりにもよって謀反などと。どうしてもそのような恐ろしいことを為《な》せる気がしない。

紫鷹は、助けを求めるように一縷の望みを抱いて妹の隣に立つレイモンドを見た。

……そして後悔した。

昨晩、葡萄酒を飲み交わし、本当の兄弟のように分かり合えた気がしていた異国の国王は、気が狂ったように笑う悪魔のような妹を見て、それはそれは愛おしげに微笑んでいたのだ。

父親への謀反を意気揚々と語り高笑いをするその姿のいったい何処に、そんなに瞳を蕩《とろ》けさせる程の魅力があるのか。紫鷹には到底理解できそうもない。

——正気じゃない。何なのだ、この夫婦は。

自分の中の常識など遥か彼方に飛ばされた紫鷹は、色んな意味で最強過ぎる夫婦を見ているうちに何もかもが馬鹿らしくなってきた。

『ああ、もう分かった！　やってやろうではないか！　私もこの国に来ておかしくなってしまったようだ。まさかお前に頼ろうとする日が来るだなんて！』

頭を抱えて蹲《うずくま》った紫鷹がそう叫ぶと、シュリーはニヤリと笑い尊大な態度で兄を見下ろした。

『漸く決断なさいましたのね。兄様にしては上出来でしてよ』

『……』

若干苛立ちはしたものの、紫鷹は妹の高慢な態度を取り敢《とあ》えず見逃してやることにした。今は頭の整理に忙しくそれどころではない。

『しかし、シュリー。いったいどうするつもりだ？　まさかそなたが釧まで義兄上殿に付き従うわけではないだろう？』

それまで黙って妻の顔に見惚《みほ》れながら話を聞いていたレイモンドが問えば、シュリーは煌めく瞳を夫に向けた。

『勿論、私が貴方様のいるこの国から離れることなどございませんわ。ちゃんと策は釧の国内に用意しておりましてよ。この計画は私が釧を出る前から既に始まっていたのですわ』

そして再び兄を見下ろしたシュリーは、まだ複雑そうな兄に向かって声を掛けた。

『ということで兄様。今すぐここに莫泰然《モー・タイラン》を呼んで下さいますこと？』

『莫泰然だと？　あの使節団の一員の？　アストラダム語ができるという理由だけで抜擢された下級貴族にいったい何の用があるんだ？』

昨夜、自分を呼びに来た影の薄い男の顔を思い出しながら訝しむ兄へ向けて、シュリーはおざなりに手を振った。

『良いですから、早く連れて来て下さいまし』

妹の態度に舌打ちをしながらも、紫鷹は言われた通りに莫泰然を呼び出した。

◇

『お師匠様！　この瞬間を待ち侘《わ》びておりました！』

やって来た莫泰然は、ツヤツヤとした笑顔で開口一番にそう叫んでシュリーの元に跪いた。

その一言でレイモンドと紫鷹はこの男の正体を悟り呆れた顔をする。

『まったく！　またお前の弟子か！　本当に何処にでもいるな！』

吐き捨てた兄に構わず、シュリーは久しぶりに間近で対面した弟子へと視線を向けた。

『首尾はどうかしら？』

『完璧でございます。合図があれば直ぐにでも、釧の宮廷に入り込んでいる弟子仲間達が皇帝の暗殺を決行致しましょう』

『そう。処理についても抜かりないわね？』

『勿論にございます。陛下にはご乱心の果てに憤死して頂く予定です。お師匠様直伝の技を持つ薬師が劇薬を煎じ、お師匠様が育て上げた暗殺集団が始末します。事が露見することはありません。決行場所である後宮の妃嬪、皇帝の護衛の武官、調査を行う御史台、事後処理をする文官、全《すべ》てこちらの手の者にございます』

『聞きましたでしょう、兄様？　相手は父上と、黒蛇釧を着けている側仕えの宦官《かんがん》のみですわ。ランシンのおらぬ宦官なんぞ、盾にすらなりませぬ。兄様は旗印となり、私の弟子達を率いて下さればそれで良いのです。そうすれば兄様が自動的に皇帝となりましてよ』

ニヤリと笑って自分を見る妹に空恐ろしさを覚える紫鷹は、戸惑いながらこれまで大人しく自分に従っていた使者を見た。

『いったい、いつから……この者が今回の使節団に同行することすら見越していたというのか？』

驚愕《きょうがく》する兄を鼻で笑いながら、シュリーは何でもないことのように説明する。

『私をこの国に送り届けた前の使節団は父上の怒りによって皆殺しにされたはず。であれば、新たな使者の選定にはアストラダム語を話せる者が必須。この莫泰然は身分だけでは到底使節団に加わることが難しいですが、語学が堪能なので必ず選出されると踏んでいたのですわ』

『全てはお師匠様の計画通りにございます。私は最終的なお師匠様のご意思を賜るために今回の使節団に潜り込んだのです。その他にも皇太子殿下ご出立に合わせて政務の権限を得た丞相《しょうじょう》や大尉、御史大夫もお師匠様の弟子にございます』

紫鷹は絶句した。妹の弟子が宮廷に蔓延《はびこ》っているのは知っていたが、まさかここまでとは。

『既に筋書きはできておりますの。あとは役者が揃《そろ》うだけなのですわ。私は釧を出る前に、弟子達に最後の指示を出して参りました。次に釧の国に金玉四獣釧が現れた暁には、その所有者の指示に従うようにと』

ピンと伸ばされたシュリーの細い指の示す先には、兄の手に通された金の腕環が煌めいていた。

『紫蘭……私の為にここまで……』

自分の為にここまでの準備をしてくれたのか、と、紫鷹が感動に打ち震えていると、シュリーは穏やかに微笑んだ。

『何を仰いますの、兄様。まさか私が無償で動くとでも?』

『……は?』

『当然、対価を頂きますわ』

にっこり。それはそれは楽しげに美しく気高く笑ったシュリー。

その妹の微笑の邪悪さに、紫鷹は震え上がった。

『た、対価だと……? な、何を言っているんだ? いったい、私に何をさせようと言うのだ!?』

後退る兄に向けて胸を張ったシュリーは、優美な仕草で己《おのれ》の手を胸に当てた。

『私には、師として、釧に残して来た数多の弟子達の未来を保障してやる義務がございますの。兄

様が皇帝の座に就いた暁には、私の弟子達を重用し、政治の中枢に据えて頂きますわ』

『なっ……！』

『難しいことではございませんでしょう？　私の弟子達は優秀ですから。兄様のお役に立つはずですわ。私の弟子の多くは、父上から不当な扱いを受けたり家族を父上に虐げられた過去がありますの。兄様が父上のような暗君とならぬ限り、彼等は兄様に忠誠を誓うでしょう』

それは最早、脅迫だった。シュリーの弟子達を優遇しなければ、父と同じ目に遭わせるという、あまりにも恐ろしい脅し。

そして政治の中枢を任せるということは、それだけ紫鷹の皇帝としての権限も狭められるということ。

父のような暴政など、罷り通ることはない。

下手をすれば政権がシュリーの弟子達に乗っ取られ、皇帝の権威など地に落ちるかもしれない。

それ程までに、シュリーの要求する対価は大きかった。

『お前……！　わ、私がやらぬと言えばどうするのだ⁉　私が父上にお前の謀反を密告すれば、お前の弟子達の命は無いのだぞ⁉』

『その時はこの場で兄様の息の根を止《と》めれば済むことですわ。他の適当な兄弟に話を持ち掛けます。兄様、これは私なりの慈悲なのですわよ。長兄であり、皇太子である兄様を敬ってのこと。私はこれでも、兄様の才を評価しているのですわ』

『……ッ』

『言いましたでしょう？　私が兄様に手を差し伸べた時点でこの戦は詰んでいると。それは父上に限った話ではございませんわ。兄様、貴方様も同様に、既に詰んでおりますのよ』

厳かに微笑する妹に、言葉を失う兄。殴られたわけでもないのに満身創痍の兄へ向けて、シュリーは優しく声を掛けた。

『兄様。兄様が聖君である限り、私の弟子達が兄様の地位を脅かすことはございませんわ。寧ろ兄様は、その才を発揮して私以上に弟子達の心を惹《ひ》きつけ導いて下さればそれで良いのです。兄様でしたらきっとできますわ。そう思えばこそ、私は兄様を選んだのです』

『紫蘭……』

これまでずっと自分を馬鹿にしてきた妹が、自分のことをここまで評価していたとは。

『分かった。そなたの言う通りにすると約束しよう』

疲れ果てた心で女神のような笑顔の妹に縋った紫鷹は、左腕を差し出し力強く頷《うなず》いたのだった。

第十二章

士魂商才

セリカ王妃の兄、釧《セン》の皇太子雪紫鷹《シュエ・ズーイン》は、来た時と同様に突如帰国を宣言した。

『やっとお帰りになるのですわね。くれぐれも弟子達のこと頼みましたわよ』

見送りの場で妹から釘を刺された紫鷹《ズーイン》は、溜息《ためいき》を吐きながら頷《うなず》いた。

『分かっている。約束は守るから心配するな』

『それと、匈古の族長にも宜しくお伝え下さいませ』

『匈古だと？　お前が討伐した北方の蛮族ではないか。何を宜しくする必要がある？』

釧を出発する前に、皇帝の元に届いたシュリーの手紙によって匈古は討伐済みだと思い込んでいた紫鷹は妹の言葉に眉《まゆ》を寄せた。

『あら。言っておりませんでしたわね。討伐の件は嘘《うそ》ですわ』

『……は？』

口をあんぐりと開けた兄に構わず、シュリーは楽しげに話し続ける。

『実際は戦などしておらず、平和的交渉によって和平条約を締結したのです。どうせ軍部は私の思うままですし、父上は私の報告を鵜呑《うの》みにしますもの。互いに口裏を合わせ釧の皇家を欺くことに合意したのです。彼等匈古は実際に接してみると勇敢でとても友好的ですのよ。今回の謀反にも協力してくれる予定なのですわ』

『あ、あの野蛮で偏屈な奴等《やつら》が友好的だと？　そんなもの信用ならん！　いったい何があればそのような話になるのだ……ッ！』

今更聞かされた衝撃の事実に狼狽える兄へ、シュリーは笑いながら告げた。

『うふふ。心配ございませんわ。一年程前に代替わりした匈古の若き族長は私に大きな借りがあるのです。彼にはずっと想《おも》いを寄せていた娘がおり、私が仲を取り持って差し上げたのですわ。その相手というのが兄様もよく知っている私達の妹、七公主の紫鈴《ズーリン》です』

『アストラダムに嫁ぐ予定だった、あの紫鈴か⁉』

驚愕《きょうがく》した兄に、シュリーは満足げに頷いた。

『そういうわけで、彼と結ばれた紫鈴の代わりに私がこの国に来たのですわ』

さらりと言ってのける妹に、紫鷹は顔を赤くして怒号を上げる。

『しかし、だからと言ってあのような蛮族を信用などできない！　何かあればどうする⁉　奴等が裏切れば大惨事ではないか！』

そんな兄へと、シュリーは目を眇《すが》めた。

『兄様。妹からの最後の忠告です。そういった偏見は捨てた方がよろしいわ。もっと広い視野と大きな器を持たねば、真の君主にはなれませんわ。兄様はこの国に来て、私の愛するレイモンド陛下から多くのことを学ばれたのではなくて？』

『それは……』

兄妹の邪魔にならないよう、一歩引いたところでこちらを見ていたレイモンドに目を向けて、紫鷹は言い淀んだ。

『彼等匈古は、仁義に厚い者達です。恩義のある私や、族長の妻紫鈴の兄である兄様に矢を向けることなど致しませんわ。自分と異なる者を相手にする時は、文化が違うからと真っ向から拒絶するのではなく、異なる相手の風習を理解して取引する方が余程建設的ですのよ。言語を習得するのも効果的です。今後の外交手段として覚えておくとよろしいわ』

『くっ……』

実際に釧の外に出て、異国の地で異国の国王レイモンドの姿に感銘を受けた紫鷹は、自分の常識が必ずしも正しいとは限らないことを痛感していた。その上で妹から与えられた言葉の重みを理解しようと努力し、それ以上声を荒らげるのは止めた。

『分かった。お前がそう言うのなら、匈古の族長と会って話をしてみよう』

兄の成長に満足したシュリーは、大きく頷いてみせたのだった。


『お師匠様、皆恋しがっております。本当にもう釧には戻らないおつもりなのですか？』

涙目の莫泰然《モー・タイラン》に問われたシュリーは、そっと微笑みながら首を横に振った。

『お前も見たでしょう。私はこの国の王妃で、何よりも愛する夫がいるのよ。そしてこの腹には陛下の子が宿っている。この国から離れる気はなくてよ』

『……この国に着き、玉座の間で謁見したレイモンド陛下とお師匠様の姿に私は衝撃を受けました。お師匠様のあのような笑顔は初めて見ました。お師匠様の幸せが我等の幸せです。皆も理解してくれるでしょう。どうかお幸せに』

『ありがとう』

涙声の弟子を見遣りながら、シュリーは優しく目を細めた。

『達者でな、義兄上殿』

師弟の涙の別れが繰り広げられている隣で、去り行く皇太子にレイモンドが手を差し出せば、逡巡した後にその手を取り握手を交わした紫鷹がそっと口を開いた。

『貴殿には、世話になった。……落ち着いたら二人で釧に来てはどうだ?』

『それも良いかもしれないな。私もシュリーの生まれ育った国を見てみたい』

そう微笑んだレイモンドの横にいつの間に来たのか、シュリーは肩をすくめた。

『ですけれど、国王が国を空けるには釧という国は遠過ぎますわ。もっと気軽に行き来できる方法を考えるのもよろしいかもしれませんわね。貴方もそう思うでしょう?』

シュリーが振り向いた先に居たのは、見送るアストラダム側の重鎮達に並んで立つジーニーだった。

『そうだなぁ。柘榴が足りなくなる前に調達したいし、人や物を伝送する術でも開発しようか』

『金公子《ジン》……本当に一緒に帰らなくて良いのか』

『ええ。何度も言ったじゃないですか。僕はこの国に残ります。色々と面白《おもしろ》いことが沢山あるし。

何より運命の相手を見つけたもので』

のらりくらりと答えたジーニーに、紫鷹は何かを言い掛けて止めた。

『いや、そうだな。其方がそう言うのであれば、これ以上は無粋だろう。どのような令嬢か存じ上げないが、その運命の相手とやらと幸せにな』

『はあ……。どうも』

紫鷹はどうやらジーニーがこの地で何処その令嬢と恋に落ち結ばれたが為に帰らないのだろうと勝手に想像を膨らませているようだが、実際の相手は男な上に、ジーニーのただの片想《かたおも》い。

しかし、訂正するのも面倒臭いジーニーは適当に頷いて皇太子に別れの挨拶《あいさつ》をした。

ジーニーとシュリーには儀礼的な挨拶で済ませた紫鷹は、最後に再びレイモンドの前に来ると、咳払《せきばら》いをして小さな声で呟いた。

『では、その……達者でな。お、義弟《おとうと》よ』

『……！』

その言葉を聞き、パアッと表情を明るくしたレイモンドは、嬉《うれ》しそうに微笑んだ。

『ああ。義兄上《あにうえ》。また会おう』

そうして西洋の国王と東洋の皇太子は、兄弟として改めて握手を交わしたのだった。

『そうそう、兄様。忘れるところでしたわ。一つ、耳寄りな情報がございますの』

いざ出立、の段階で突然前に出たシュリーが兄に声を掛ける。

『……なんだ』

レイモンドの時とは違い、とても嫌そうな顔で妹を見た兄に、シュリーは口元に手を添えてそっと囁《ささや》いた。

『実はこの国には、手付かずの龍穴が眠っているのです』

『なんだと⁉』

妹の一言で目を見開いた紫鷹が声を上げれば、シュリーはここぞとばかりに兄へと商売を持ち掛ける。

『調査を命じた結果、釧では枯渇してしまった霊玉が発見されました。今後我がアストラダム王国は、霊玉の輸出も行うつもりですわ。兄様にその気があれば、釧に優先的に輸出をして差し上げようと思っておりますの』

『本当か⁉　紫蘭《ズーラン》……本当に、霊玉が手に入ると？』

『ええ。まだ調査を進めている最中ですが、質も良く産出量も見込めておりましてよ』

『なんてことだ。是非頼む。必ず我が国に霊玉を寄越してくれ』

前のめりになった兄に、シュリーはニヤリと口角を上げた。

『勿論ですわ。ただ、加工や輸送に費用も嵩《かさ》みますし、代金はご相談させて頂きませんと』

『私が皇帝になれば、霊玉になら幾らでも予算を回そう。他の国の倍は出す。だから何としても我が国に輸出してくれ』

『そういうことでしたら。商品化できる段階になりましたらご連絡致しますわ』

思い通りに商談を纏《まと》めたシュリーは、今度こそ清々しい笑顔で兄に手を振った。


去って行く釧の皇太子と使節団を見送りながら、レイモンドは隣に立つ妻へと声を掛けた。

「義兄上殿は、大丈夫であろうか。この先皇帝として、そなたの弟子達と上手《うま》くやっていけると思うか？」

「さて。これまでの兄様でしたら、無理でございましょうね。私の弟子達に良いように操《あやつ》られて傀儡となるのが目に見えておりますわ。ですけれど……」

遠ざかる兄の姿を見遣りながら、シュリーは柔らかく口角を上げた。

「陛下に出会い、兄様は少々成長したようです。狭く頑《かたく》なだった視野を広げ、他者を受け入れることを学んだのですわ。紫鈴の夫である匈古の族長もなかなかの手腕を持っておりますし、義弟達に感化された兄様の努力次第では、もしかしたら奇跡が起こるやもしれませんわね」

「そうか。頑張って頂きたいものだ」

「ええ。可能性は低いでしょうけれど」

最後まで兄に対して辛辣なシュリーに苦笑しながら、レイモンドは気になっていたことを妻に問い掛けた。

「それにしても、先程の霊玉とは……そなたがドラドに調査を命じていた魔晶石のことか？」

「うふふ。左様でございますわ。今後はジーニーも調査に加わりますので、商品化も近いかと。いい取引先が見つかりましたわね。どうせ釧にはこれまで絹や磁器で儲けた金が有り余っているのです。がっぽりと儲けさせて頂きましょう」

「まったく。そなたはあくどいな」

「あらあら。私のシャオレイは、あくどい私はお嫌いですの？」

「わざわざ聞かなくても分かるだろう？　あくどいそなたも可憐で魅力的で蠱惑的で、死ぬほど好きだ」

「……うぅっ」

死ぬほど好きだ、を耳元に直接吹き込まれて無事に撃沈したシュリーは、兄の前で見せていた強気で勝ち気で傲慢な姿など幻であったかのようにヘナヘナと、しおらしくしゃがみ込んで赤くなった耳を隠した。

「シュリー、大丈夫か？」

「キャッ」

「その体で無理をするからだ。ほら、部屋まで送って行くから摑《つか》まりなさい」

レイモンドの殺し文句に腰を抜かしていたところをそのレイモンドに抱き上げられたシュリーは、国王夫妻のイチャつきぶりを呆《あき》れた目で見る周囲の視線の中で更に顔中を赤くした。

「もう……少しはご容赦下さいまし……」

小さな声で呟いたシュリーは、ヤケクソでレイモンドの首に両腕を回し、大人しく夫の腕に身を委《ゆだ》ねたのだった。

「何なんだ、この国は……！　本当に天国なんじゃないか？」

ドラドが調査で採掘してきた魔晶石を見て、ジーニーは目を輝かせていた。

「手付かずの龍穴があるだなんて。しかも、霊玉の鉱脈があっただって？　こんなに純度の高い石が大量なんて、やりたい放題じゃないか！」

キラキラと怪しい光を放つ魔晶石、東洋で言うところの霊玉とは、魔力が結晶化した非常に希少な鉱石だった。

釧《セン》では既に掘り尽くされ世に出回るのも稀なこの石が、王室の所属となったフロランタナ領で大量に発見されたのだ。

「私も驚いた。まさか我が国から魔晶石が発掘されるとは。よく見つけたな、シュリー」

レイモンドの褒め言葉を受けて、シュリーは得意げに胸を張る。

「これしきのこと、大したことではございませんわ。私、風水にも多少の心得がございますの」

地図を広げたシュリーは、改めてレイモンドに説明を始めた。

「この世には、大地に流れる龍脈の力を噴出する穴、〝龍穴〟があるのですわ。釧では古来風水によって龍穴の位置を調べ、そこに眠る力の恩恵を受け続けてきました。龍穴は世界中に点在しているのです。例えば西洋で言いますと……」

シュリーは世界地図を見下ろすと、ぽんぽんとアストラダムの周辺の国を指差した。

「ラキアート帝国のサタンフォード領や、リンムランド王国のクッセル湖畔、ロムワール王国のシャロン領辺りも龍穴がありますわね。あとここのアルパール山脈も。龍穴は場所によって効能に差がありますの」

「必ずしも魔晶石が出るとは限らないのか？」

「左様でございますわ。莫大な地脈や魔力を絶えず噴出する穴、邪気を纏《まと》い魔物を寄せ付ける穴、ドラゴンが巣食う穴、そして今回のように、魔力の結晶石が眠る穴。いずれにしても強い力を持つ場所に変わりはございません」

興味深そうにシュリーの説明を聞いていたレイモンドは、先程シュリーが指し示した場所にはそれぞれ思い当たる逸話があることに気付き、改めて感心したように声を上げた。

「釧の術は奥が深いな。このような場所を見つけられるとは」

「ですけれど、その分釧の龍穴は掘り尽くされておりますの。それに比べて西洋にはまだ手付かずの龍穴が多数残っています。今後調査の範囲を広げるのも良いかもしれませんわね」

レイモンドが地図に目を向け考え込むと、シュリーは魔晶石に夢中のジーニーに鋭い視線を向けた。

「それで、ドラドは何故《なぜ》来ていないのかしら。彼が私の命令に逆らうなんて、余程のことがあったとしか思えないのだけれど。ジーニー、貴方、彼に何をしたの？」

シュリーに詰め寄られたジーニーは、気まずげに頭を掻《か》いた。

「いやぁ……二人で研究室に籠《こ》もってたら、ちょっとばかり我慢が利《き》かなくて。その、なんて言うのかなぁ。味見を少々……」

「………」

シュリーが獣を見るような目をジーニーに向けると、ジーニーはバツが悪そうに目を逸らした。

「そんな目で見ないでくれよ。僕だって反省してるんだ。いきなりアレはやりすぎた。でも、本当にほんの出来心で」

「なにが、できごころなの？」

と、そこへ、場違いな声が響く。シュリーとジーニーの視線の先には、清潔な服に身を包んだ少女が立っていた。

「あー、おチビちゃん。今のは聞かなかったことにしてくれ」

純真無垢《むく》な瞳《ひとみ》に見つめられてゾッと鳥肌を立てたジーニーがそう言えば、少女は不思議そうに首を傾げた。

「？」

「おい、王妃様！　何でこんな所に呼び出したんだ？　僕、子供って本当に好きじゃないんだ。生命力に満ち溢《あふ》れていて無垢で純粋で、僕の好きなものと正反対なんだから」

心底嫌そうに震えながら言い募るジーニーへ、シュリーも小声で反論した。

「ここに用があったからよ。私だって子供は苦手だわ。でも、ここの子供達はよく働く聞き分けの良い子ばかりよ」

子供の苦手な二人がコソコソと言い合う横で、少女はレイモンドに向き直った。

「レイさま……じゃなかった、国王へいか、お久しぶりです」

「久しぶりだな。皆元気そうで何よりだ。いつの間にそんなに礼儀正しくなったのだ?」

「マダム・シルビアが色んなことを教えてくれるの！　カイコの飼育も手伝ってくれるのよ。これも教えてもらったの」

楽しげな少女がスカートの裾《すそ》を摘まんでお辞儀を披露すると、レイモンドは目を丸くした。

「素晴らしい。凄いじゃないか、立派だぞ。流石は淑女の鑑と謳われたほどの婦人だ。子供達の教育も行き届いている。彼女に任せて良かった」

レイモンドの声に応《こた》えるように、子供達の間から一人の婦人が三人の前にやって来た。

「国王陛下、王妃様。このような所に足を運んで頂き何と申し上げたらよいか……」

「シルビア、忙しいところ悪いわね」

シュリーが親しげに挨拶《あいさつ》をすれば、婦人は慌てて首を横に振った。

「何を仰《おっしゃ》います、王妃様！　陛下と王妃様の為でしたら何でも致しますわ。それで、フロランタナ領について知りたいことがあるとか?」

セレスタウンにある孤児院。

上品な服にエプロンを着けた姿で現れたのは、かつて処刑されたフロランタナ公爵の夫人であった、シルビアだった。

シュリーは早速地図を指してシルビアに問い掛けた。

「フロランタナ領の奥にある、山に囲まれたこの場所。どういう場所か覚えてらして？」

「そこでしたら、山に囲まれている上に小さな湖があって、行き難《にく》く何もない場所として主人は捨て置いておりましたわ。あ、ですが一つだけ。日照りのひどい年にもこの近くの農村では作物が実り、珍しくあの人が褒めていたのを覚えておりますわ」

「あら、そう。ありがとう。作物に良い作用を与えるのなら、邪気や瘴気の心配は無さそうね。やはり純度が高くて良質な魔晶石が採れそうですわ」

シュリーと目が合ったレイモンドは、目を細めて頷《うなず》いた。

「ああ。そなたがそう言うのであれば、魔晶石の採掘を国の優先事項として発議しよう。それと、そなたが魔塔に作らせた常夜灯も評判が良い。燃料が要らない上に夜になれば自動的に灯るとあって、わざわざ夜に蠟燭を灯して回る手間が無くなったと王宮の侍従長が感動していたぞ」

それを聞いたシュリーは嬉《うれ》しそうにジーニーに目を向ける。

「あれはジーニーとドラドに任せたランプを改良したものです。私は釧の道術とアストラダムの魔術を組み合わせてみては、と提案しただけですわ。全《すべ》ては彼等の功績でしてよ」

「そうか。あの常夜灯についても国中に設置して他国にも輸出を考えている。となれば、ジーニー。そなたにも功績に応じた褒賞が必要だな。望みはあるか？」

国王からの問い掛けにジーニーが答える前に、シュリーが横から昔馴染みに忠告した。

「〝死体〟は駄目よ。貴方に大量の死体を与えると碌なことになりませんもの。今後は貴方の名も広まるでしょうから、あまり妙な奇行はしない方がよろしいわ」

それを聞いたジーニーは、最初から死体は諦《あきら》めていたのか、ヤレヤレと首を振って面倒臭そうに頬杖《ほおづえ》を突いた。

「それなんだけどなぁ。君も知っての通り、僕は基本的に注目されるのが好きじゃないだろう？目立たず陰でコソコソする方が性に合ってるんだ。だから僕の発明については、君の名で発表したらどうだ？」

ジーニーからの思い掛けない提案に、シュリーは大きな瞳を瞬かせた。

「……それは。なかなかいい案だわ」

「だろう？　商売的にもいい宣伝文句になるじゃないか。セリカ王妃の発明した魔道具。これが世界中に広がれば、アストラダム王国としても釧出身の僕の名が出るより効果的だ」

「しかし、そなたは本当にそれで良いのか？」

レイモンドの気遣わしげな視線に頭を掻きつつ、ジーニーはあっさりと頷いた。

「ええ。僕は別に、後世に名を残そうなんてこれっぽっちも思ってないんで。そんなことより、ドラドのことを何とかしてくれませんか。あれ以来会ってもくれなくて困ってるんですよ。このままフラれたらどうしてくれるんですか」

ジーニーのその切実な訴えに、レイモンドとシュリーは呆《あき》れ果てた目でジーニーを見遣る。

「そう言われてもな」

「自業自得ではないの。初心な私の弟子に手を出すだなんて」

「冷たいなぁ。実に冷たい。祖国を捨てこの国に残った僕に対して、そんなに冷たい態度を取るなんて。この国の国王夫妻はなんて非道なんだ」

態《わざ》とらしいジーニーの詰《なじ》りに溜息《ためいき》を吐いたシュリーは、失恋寸前の昔馴染みに向けて言い放った。

「まあ、手を出してしまったものは仕方ないわ。貴方達が上手《うま》くいってくれないと、今後の魔道具開発や魔晶石の調査に支障がありますもの。こうなれば無理にでも手籠めにしておしまいなさい」

「やっぱりそれしかないか」

物騒なことを言い始めた釧出身の二人に頭を抱えながらも、レイモンドは静かに二人の会話に割って入った。

「いや、そもそも、ジーニー、そなた。ドラドにその想《おも》いを言葉にして打ち明けたことはあるのか?」

「…………え」

思いもよらない国王の言葉に、ジーニーは暫く固まった。

「まさか、何も告げず手だけ出したわけではあるまいな」

「……」

そっと目を逸らしたジーニーを見て全てを悟った夫婦は、長く重い溜息を吐いた。

「まずはそこからだろう。下手をすればドラドは良からぬ勘違いをしているかもしれない」

「昔から人として終わっているとは思っていたけれど、ここまでだとは思ってなかったわ」

二人の反応などお構いなしに、ジーニーは一人で納得したようだった。

「そうか。そういうのが大事なのか。考えてみれば陛下はいつも甘ったるい言葉を小蘭《シャオラン》に囁《ささや》いているしな。うん、参考にしてみるよ。ありがとう、陛下」

助言を得て嬉しそうなジーニーが微笑めば、レイモンドも深く頷いて答えた。

「ああ、健闘を祈る」

シュリーの心臓を破裂させる夫を参考にするのはドラドの心臓が持たないのでは、と思ったシュリーだが、あの奥手な弟子にはそれくらいの方が良いかもしれないと思い直して指摘するのは止めておいた。


三人がとんでもない話をしている間にも、シルビアは興味深げに覗《のぞ》き込んでくる子供達の耳を塞《ふさ》ぎ、養蚕の仕事をする子供達の世話を焼いたりと、忙しなく動いていた。

「シルビア、貴女、以前よりずっと良い顔をしているわね」

そんな彼女を見て目を細めたシュリーが声を掛けると、シルビアは丁寧に頭を下げた。

「王妃様のお陰ですわ。思い返せば私は、昔から子供が好きでしたの。夫があのような男だったのですっかり忘れておりましたけれど。こうして子供達の純真さに触れておりますと、幼い頃弟と過ごした眩しい時間を思い出しますわ。そして息子の幼少期のことも……」

「ダレルは体が弱くとも、父親に邪険に扱われた過去があっても、今は才能を発揮して強く生きているわ。貴女はきっと、良き母なのでしょうね」

「王妃様も母となられるのですわね」

シュリーの膨らんだ腹を見たシルビアは、感慨深げにそう呟いた。

「母になる心構えでもしようと思って。陛下も久しぶりに子供達に会いたいと仰るのでここに来てみましたのよ」

子供達の笑い声が賑やかな周囲を見渡しながら、自らの腹に手を置くシュリーはシルビアにそう説明した。

「陛下は子供達から慕われておりますものね。そして王妃様も、皆に好かれておりますわ」

温かく微笑んだシルビアは、キラキラした瞳で王妃を見上げる子供達を見回す。

「私はあまり子供が得意ではないのだけれど。子供に好かれるようなことをしたかしら」

不思議そうなシュリーを見て、シルビアは笑みを深めた。

「子供は美しいものが好きですから。それから強いものと、神秘的なものも。そして自分に益をもたらすものには自然と好意を抱くのです」

「そういうものなのね。珍妙だこと」

子供達を見ながらその不思議さに考え込むシュリー。そんな妻の姿を見て、レイモンドはふと前々から気になっていたことを妻に問い掛けた。

「そなたの父や兄のことはよく聞くが、母の話は聞いたことがなかったな。そなたの母君はどのような人なのだ？」

レイモンドの問いに、シュリーは笑顔で答えた。

「さて。知りませんわ」

「知らない……とは？」

「私の母は私を産む時に亡くなりましたので。母の記憶は何一つ無いのです」

何の気負いもなくそう言って肩をすくめたシュリーに、レイモンドは目を見開いた。

「それは……」

「どうぞお気になさらないで下さいまし。元々体が弱かったところを父に無理矢理孕まされたと聞いておりますわ。絶望の人生から早く解放されて母も私に感謝しているのではないかしら」

「……」

レイモンドの顔を見たシュリーは、眉《まゆ》を下げて夫の頬に手を伸ばした。

「あらあら、まあまあ。私のシャオレイ。そのようなお顔をなさらないで下さいませ。私の母なんぞ、その辺に幾らでもいる普通の女でしてよ」

そのシュリーの言葉にいち早く反応したのは、興味なさげに頬杖を突きながら話を聞いていたジーニーだった。

「いやいや。あの幻族《ファン》のたった一人の末裔が普通の女だって？　皇帝が君の母を手に入れるのにどれ程の人間を虐殺したと思ってるんだ？」

「はあ……。母を探す為に村を焼いて回った父の話は止めて頂戴。反吐が出るわ」

あまりにも穏やかではない雰囲気の話に、レイモンドは眉を寄せた。

「ジーニー、どういうことだ？」

国王からの問いに、ジーニーは睨《にら》むシュリーを無視して答えた。

「この王妃様の母親、幻貴妃は、釧の長い歴史の中で伝説になっている一族の最後の末裔だったんですよ」

「伝説の一族？」

「ええ。出鱈目な力を持ち秘術を操《あやつ》る美しい一族。四つ前の王朝では政権を掌握していたとか。その名の通り幻と言われる幻族には龍の血が流れているやら、朱雀を始祖に持つやら、色んな噂がありますが、とにかく釧では神格化されてる一族なんです。その力を手に入れるために皇帝が無茶をしたってわけですよ」

釧の者なら誰《だれ》でも知っている幻族の末裔と皇帝、そして皇帝の無体の結果生まれたシュリーの話を暴露したジーニー。

言葉を失うレイモンドに、シュリーはいつもと変わらず堂々と胸を張った。

「どのみち母は死んだのですわ。力も弱く病弱だった母の死により幻族の秘術も真相も闇《やみ》の中。私は母の一族の悲運を背負うつもりも、父の一族の栄光と堕落を享受するつもりもないのです。今ここにいる私は他の誰でもない、陛下の妻なのですから」

「シュリー……」

ニヤリと笑った王妃は、彼女の夫が何よりも慕わしいと思うその黒曜石の瞳を煌めかせたのだった。

◇

せっかくだからと蚕の飼育状況を確認に行ったシュリーに対し、虫が苦手なレイモンドと子供が苦手なジーニーは二人きりでシュリーの帰りを待ちながら雑談をしていた。

「そなたとこうして話すのは初めてだな」

向かい合って座るレイモンドは、妻と同郷で昔馴染みでもある男へ向けて柔らかく声を掛けた。

「はあ。僕としては陛下に何かしちゃうとあの王妃様に殺されかねないので内心ビクビクしてるんですがね」

冗談とも本気とも取れないジーニーの言葉に苦笑するレイモンドは、いい機会かとずっと気になっていたことを口にする。

「先ほどの話だが。釧でのシュリーの様子をもう少し聞かせてくれないか？　釧ではどのように過ごしていたのだ？」

チラリとレイモンドの顔を見たジーニーは、記憶を辿《たど》るように宙を見た。

「うーん……。なんと言いますか、釧ではいつも退屈そうにしてましたよ」

「退屈そうに、か。どんな時も楽しげな今の姿からは想像できないな」

「僕からしてみたら、今の姿の方が違和感ありますね。釧では興味のあることなんて一つもないみたいに、常につまらなそうにしてましたからねぇ」

欠伸をしながら話すジーニーはさして興味もなさげだが、だからと言って嘘《うそ》を言っているわけでもなさそうだった。

「今のシュリーからは考えられないな」

「そりゃあ、王妃様がこの国で生き生きしているのは、隣に陛下がいるからでしょう」

「……？」

ピンときていなそうなレイモンドを見たジーニーはポリポリと頬《ほお》を掻いた。

「僕は別に他人への配慮なんて気にしない人間なんで勝手に話しますが、王妃様にとって陛下の存在は大きいなんてもんじゃないですよ」

「と、言うと？」

「陛下は彼女のことを、全部そのまま受け入れてるでしょ。まるで普通の夫婦みたいに。あの人は現実離れした優秀さから、釧では女神の生まれ変わりだと讃えられていました。でも彼女に近くなれば成程、その感情は歪《ゆが》んでいくんです」

「歪んでいくとは？」

「利用しようとするか、嫉妬《しっと》するか、異常な崇拝か、ってところです」

「………」

眉尻《まゆじり》を下げたレイモンドには目を向けず、お茶を一口飲んだジーニーは更に続けた。

「例えば釧の皇帝は彼女を便利でとても良くできた道具としか見ていなかったし、皇太子はあの通り、嫉妬に狂って何かと難癖《なんくせ》をつけてましたね。弟子を馬鹿《ばか》みたいにたくさんとってましたが、誰も彼もが狂信的な信者みたいに崇拝するばかり。常に人に囲まれていても、誰よりも孤独だったんじゃないですか。知りませんけど」

興味のなさそうなジーニーだからこそ、その話が事実なのだと思ったレイモンドは自分と出会う前のシュリーに想いを馳せる。

「初めて言葉を交わした時、シュリーは嬉しそうに笑っていた。祖国を飛び出してきて正解だったと」

レイモンドが漏《も》らした言葉を聞いたジーニーは、訳知り顔で頷く。

「〝朝陽公主《ちょうようこうしゅ》〟ってのは、皇帝が彼女に与えた特別な称号です。皇帝、皇太子に次ぐ高位だってね。僕は目立つのが嫌いなんであんな立場になったらと思うとゾッとします。逃げ出したい気持ちはよく分かりますよ」

何をやるにもニコニコと、いつだってその瞳を煌めかせてレイモンドを見上げてくる今のシュリーからは考えられない孤独な姿。

想像したレイモンドはもどかしさに居ても立ってもいられず唇を噛《か》み締《し》めた。

「できないことなんてなくて退屈そうだった彼女があんなに楽しそうな顔をしているのは、この国に来て初めて見ました。何が彼女を変えたのかはすぐ分かりましたけどね」

「それはなんだ?」

「そんなの陛下しかいないでしょう」

「私が?」

「陛下以外、どこの世界に朝陽公主を普通の女だと思う男がいるかって話ですよ。今だって、自分がどれほど凄いことをしたか分かってないでしょ? 陛下のそういうところが、あの人の心に響いたんじゃないですかね」

一度言葉を止めたジーニーは、らしくないと分かっていながらも頭を掻いてボソリと告げた。

「だからまぁ、自信を持っていいんじゃないですか」

「そうか。ありがとう」

屈託《くったく》なく礼を言ってくるレイモンドに、調子を狂わされるなあと肩をすくめるジーニー。ますます妻が愛おしくなったレイモンドは、もう一つ気になっていたことをジーニーに聞いた。

「オホン。それでシュリーは……当然だが異性にモテたのだろうな」

モジモジとしたレイモンドからの問いに、ジーニーは淡々と答える。

「そりゃあ、皇帝陛下から皇太子殿下に次ぐ特別な位と金玉四獣釧《きんぎょくしじゅうせん》を賜った天下の朝暘公主様ですからね。それにあの顔でしょ？　公子達からの求愛は凄《すさ》まじかったですよ」

「求愛……」

その一言でレイモンドの顔が悲愴に歪んだ。

「なんだったかな……そうそう、求婚のためにある公子は大昔の偉い人が使っていた鉢を捧げるため他国を探し回り、違う公子は真珠の実る金の枝を大金を叩《はた》いて作らせ、別の公子は伝説の妖怪の皮衣を持ってきたとか。他にも龍の宝珠を獲りにいって死にかけたり、燕の巣から宝貝を取ろうとして落っこちた間抜けな男もいましたね」

「……………そんなにか」

「朝暘公主の心を射止めるのは一体どんな男かと、よく話題になってたものです。僕は全く興味がありませんでしたが気づいたら皇帝陛下の命令で許婚なんて言われるように……。やっかみが酷くていい迷惑でしたよ」

しつこい奴《やつ》は二度と口を利けなくしてやりましたが、と釧語で小さく呟いたジーニーは、顔を上げてギョッとした。

「え、大丈夫ですか？　国王陛下、顔が青いですけど？」

「大丈夫ではない。私は……私はこれまで、シュリーにそこまで珍しいものを贈ったことがない」

顔面蒼白のレイモンドは、声も体もガタガタと震わせてジーニーの肩を摑《つか》んだ。

「このままでは愛想を尽かされてしまわないだろうか⁉」

「………は？」

「シュリーに見捨てられたら私は生きていけない！　今からでも命懸けで珍しい宝を入手する旅に出た方がよいのでは⁉」

「………」

「ジーニー！　頼む、シュリーが喜ぶものを手に入れるため力を貸してくれ！　今すぐ一緒に旅に出よう！」

「………前から思ってましたけど、陛下も王妃様のことになるとちょっとアレですよね」

ガクガクと摑まれた肩を揺さぶられたジーニーは、その琥珀色の瞳で呆れたように一国の国王を見る。

その時だった。

「なんの話をしておりまして？」

氷のように冷たい声が、レイモンドとジーニーの間に落ちる。

「シュリー……！」

「げっ、小蘭……じゃなかった、王妃様！」

笑顔のシュリーはその背後に目に見えるほどのドス黒いオーラを漂わせて、ゆっくりと二人の元に近寄って来る。

「信じられないような話が聞こえたのですけれど、きっと私の聞き間違いですわよね？」

手を伸ばせば触れられる距離までシュリーが来たことで、ジーニーは慌ててレイモンドから体を離した。

「陛下。私を置いて、ジーニーと二人で旅に出るおつもりですの？」

「………うぐっ！」

凄まじい魔力の圧がジーニーを圧迫して、レイモンドから距離を取ろうとしていたジーニーは床に押し潰《つぶ》され、動くことはおろか息をすることすらできなくなる。

しかし、ジーニーが窒息する前にレイモンドがシュリーに抱き着いたことで、ジーニーを襲っていた魔力の圧は一瞬にして解けた。

「シュリー……どうか許してくれ」

「へ、陛下？　いったいどうされたのです？」

泣きそうな夫の声に慌てるシュリー。

妻の手を取ったレイモンドは涙ながらに懇願した。

「私が不甲斐《ふがい》ないばかりに……そなたのためならどんなものでも取って来ると約束する。だからどうか、私を捨てないでくれ」

「………はい？」

夫の言葉の意味が分からずシュリーは目を丸くした。

他の何を捨てようと、たとえ世界中を敵に回そうとシュリーが選ぶのはレイモンドただ一人だというのに。

それが何をどうしたらそんな話になるのか。

シュリーは改めて、先ほどまで夫と話していた昔馴染みを見た。

「説明してもらおうかしら、ジーニー。私の愛する夫に、いったい何を吹き込んだのかしら？」

「ゴホッ、ゲホッ、……ちょっと待ってくれよ、僕は今、君に殺されかけたんだぞ⁉」

「ふん。ピンピンしているじゃない。さっさと説明なさい」

瀕死のジーニーは理不尽な扱いに涙目になりながら、先ほどの会話の内容をシュリーに話して聞かせた。

「まったく……。この私が宝なんぞに心を左右されるだなんて本気でお思いですの？　どんなに珍しく高価なものを差し出されようと、相手が陛下でなければ米粒ほども情が動くことなどありはしませんわ」

落ち込むレイモンドの背中をさすってやりながら慰めるシュリー。

「だろうねぇ」

その様子を見ていたジーニーは冷や汗を拭いながら肩をすくめた。

全ての公子からの求婚を鼻で笑って蹴《け》散らしてきたシュリーは、彼女が世界でただ一人認めた男を見て少女のように微笑む。

「私は陛下から初デートで頂いたあの花だけで満足ですわ。あの花の美しさに比べたら、どんな宝も霞んでしまいます」

「シュリー……」

心を打たれたように顔を上げたレイモンドの金色の瞳と、シュリーの黒い瞳が至近距離で合わさる。

「あとから知ったのですけれど、あの時頂いた薔薇の花には素敵な意味がお有りでしたのね。ドーラから聞きましたわ。五本の薔薇の意味は『あなたに出会えた心からの喜び』だとか。それを私がどれ程嬉しく思ったことか」

片手は固く繋《つな》ぎ合い、もう片方の手でレイモンドの頭を撫でるシュリーはジーニーがこれまで見てきた中で一番柔らかい表情をしていた。

「ご存じでしょう？　私が今でもあの花を魔法で保存して大事にしていること。それだけではございませんわ。私は陛下から、他にもたくさん掛け替えのないものを日々頂き続けております」

「私が……？」

心当たりがなく首を傾げるレイモンドの可愛《かわい》らしさに心を撃ち抜かれたシュリーは、身悶えそうになるのをなんとか堪えながら夫を引き寄せた。

「退屈だった私の世界を変えて下さったのは陛下です。誰にも理解されることはないと思っていた私を当たり前のように受け入れ、慈しんで下さった貴方様の愛こそが、私にとっては何よりの宝物なのですわ」

シュリーの言葉で漸く落ち着いたレイモンドは、神秘的で甘い香りのする妻の体をぎゅうぎゅうに抱き締めた。


「それで。陛下に余計なことを吹き込んだ責任はどう取るつもりかしら？」

いつものようにレイモンドの膝《ひざ》の上に座り直したシュリーは、改めてジーニーに鋭い目を向けた。

また窒息させられそうになるのは御免だとばかりに手を振るジーニー。

「勘弁してくれよ。ほんの雑談のつもりだったんだ。それがまさかあんなに取り乱すなんて……。なぁ、王妃様。君も君だけど、陛下も結構普通じゃないと思うんだが」

「ふん。当然でしょう。私のシャオレイが普通の男のはずがないでしょう」

得意げなシュリーは傲慢な笑顔で高らかにそう言った。

「……そうだよな。これくらいどうにかしてなきゃ、朝陽公主の伴侶なんて務まらないよな」

相手にするのも疲れてきたジーニーはブツブツと何かを呟いた。

そんな二人の会話を聞いているレイモンドはシュリーを見つめながら黙り込んだままだ。

「陛下？　まだ何か不安なのですか？」

ジーニーと話をしている途中、ふと見た夫の様子が気になったシュリーが声を掛けると、レイモンドは真《ま》っ直《す》ぐな瞳を妻に向けてその手を握った。

「いや……。ただ、そなたの横顔があまりにも美しくて」

「……なっ！」

一瞬で赤くなるシュリーの耳先。

「こんなにも魅力的なそなたが異性から言い寄られるのは当然のことだ。しかし、私達がこうして出会っていなければ、私の与り知らぬところでそなたが他の男と結ばれていたかもしれないと思うと……」

「まあ、陛下！　嫉妬でございますの？」

声を弾ませたシュリーが嬉しそうに問いかける。

「そうだ」

ムッと口を尖《とが》らせ眉間に皺を寄せるレイモンド。

「うふふ。そのような拗ねたお顔をして。私が他の男のものになるのはそんなに堪えられませんの？」

「当然だろう！　冗談でもそんな悍《おぞ》ましいことを言わないでくれ！」

普段温厚なレイモンドが声を荒らげるのを見て、シュリーは胸がキュンキュンと疼いた。

目の前の男が可愛くて仕方ない。

「私が陛下以外の男になんぞ靡くものですか。私達は出会うべくして出会った、互いが運命の相手なのですわ」

「シュリー……！」

「シャオレイ……」

「あーあー！　もう、いい加減にしてくれよ！　こっちは片想《かたおも》い相手から避けられてるってのに、目の前でお構いなしにイチャイチャ、イチャイチャ、イチャイチャと！」

止まりそうもない国王夫妻のイチャつきに痺《しび》れを切らしたジーニーは、悲痛な叫び声を上げたのだった。

第十四章　才走る

「あら、陣痛が始まったようですわ」

とある日の長閑な午後のひととき。

政務の合間に時間を見つけて最愛の王妃とティータイムを楽しんでいた国王レイモンド二世は、妻の一言にポトリとティースプーンを取り落とした。

あら、お茶がなくなってしまいましたわ。のテンションで発せられた王妃の言葉を受けて、周囲に一瞬の沈黙が落ちる。

しかし、次の瞬間には王宮は大混乱の渦に飲み込まれた。

「シュリー！」

「娘娘《ニャンニャン》！」

「王妃様!!」

「今すぐ侍医を!!」

国王から侍女から従者から護衛に侍従にメイドまで。ありとあらゆる者が忙しなく動き回る中、あっという間に運ばれた王妃。

侍医が駆け付け出産の準備が整えられ、国王自ら王妃の手を握り待つこと数刻。

驚く程に呆気《あっけ》なく、王宮中に産声が響いた。

アシュラ・デイ・アストラダム。

名君と名高いアストラダム王国国王レイモンド二世と、救国の女神の異名を持つセリカ王妃の第一子である王子。

王族の象徴である黄金の瞳《ひとみ》、王妃から受け継いだ濡烏の黒髪と強大な魔力。見る者を蕩《とろ》けさせる愛らしい面立ち。

後に王太子となり、西洋随一の富国と謳われるようになるアストラダム王国で王位を継いで歴史に名を残すことになるその王子は、ティータイム中に産気づいた王妃によりあっさりと産み落とされたのだった。

◇

待望の王子の誕生に国民は大いに賑わった。

王宮には次から次へと祝いの品が届き、王都やセレスタウンは連日お祭り騒ぎ。

王妃の出身地である釧《セン》の神の名を取って名付けられたという王子の名前は瞬く間に国中に広まっていった。

遠い東洋の大国から嫁いできた異邦人の王妃、セリカ王妃は驚くべき才覚と目の覚めるような美貌で国民を魅了し、シルクや磁器といった異国の文化を伝えてアストラダム王国の経済を発展させた。

更には腐敗した貴族政治を改革し、ここ最近は魔晶石の発見や魔道具の開発といった新規事業にも乗り出して更なる国の発展に寄与している。

国王レイモンド二世とセリカ王妃の仲睦まじさは幼子から老人までもがよく知るところであり、いつぞやの痴れ者令嬢の騒動で国民はよくよく理解していた。

愛し合う国王夫妻の間に割り入ろうものならば天の罰を受けると。

それ程までに強固であり、国民から絶大な支持を得る二人の間に、待ちに待った世継ぎが生まれた。王国中の浮かれようは当然のことだった。

「そなたも王子も無事で、何事もなく生まれて本当に良かった」

出産直後の妻の手を握り安堵《あんど》するレイモンドへ向けて、シュリーはケロリと微笑んだ。

「だから言いましたでしょう？　絶対に大丈夫だと。あの子には胎内にいる時からよくよく教育してあげましたから、この母に苦労を掛けず出てきてくれましたわ。私と陛下に似て察しが良く賢い子ですわね」

二人の視線の先にいる生まれたばかりの王子は、スヤスヤと健やかな寝顔で眠っている。

強大な魔力を持つ赤子の出産は危険だと、医者やジーニーやドラドが警鐘を鳴らしていたにも拘《かか》わらず、こんな時まで自信満々に胸を張るシュリーを見て、レイモンドは苦笑しつつも愛する妻を抱き寄せたのだった。

◇

王子誕生の少し前のこと。

希少な魔晶石の鉱脈がアストラダム王国で発見されたことは、世界中の注目を集めていた。

更に魔晶石を使用した新たな魔道具が開発され、セリカ王妃の名前で発表される度に飛ぶように注文が殺到した。

中でも王妃が最初に開発した常夜灯は、アストラダム王国の生産力に思いもよらない効果を齎《もたら》していた。

夜になると自動で明かりが灯り、燃料や蠟燭を必要としない上に夜が深まるほど明るさを増すこの常夜灯は、それまで日没までの限られた時間でしかできなかった作業を夜間でも可能にしたのだ。

これにより職人の街セレスタウンの生活は一変した。

国から全《すべ》ての工場に支給された常夜灯の明かりにより、交代制で昼も夜もシルクの紡績や機織りが行われ、磁器の窯は昼夜問わず稼働するようになった。

倍増した生産量にも拘わらず人気を博すアストラダム産シルクや磁器は飛ぶように売れ続け、いつしかアストラダム王国は西洋随一の富を有する国となっていった。

しかし、アストラダム王国のこの急激な繁栄は、のちに良からぬ闇《やみ》を招くことになる……。

「マイエやベンガーが出産の祝いにも駆け付けられないほど忙しいと手紙を寄越してきましたわ。各国からの注文殺到に加え、今後予定している釧との魔晶石取引。これで我が国の経済は安泰ですわね」

「ランプの開発を最初に進めていたのは、作業効率向上の為だったのか？」

「左様でございますわ。マイエが以前申しておりましたの。細かい刺繍の作業は夜間の蠟燭の明かりではできないと。夜間も作業できるようになれば、どれ程効率が上がることか、と嘆いておりましたので解決してあげようと思いましたのよ」

それは、産褥期のシュリーが寝台の上でレイモンドと話している時のことだった。

「仕事の話はこれくらいにして、体調はどうだ？　疲れてはいないか？」

「あー、まだ少し怠い気がしますわ。でも、陛下がおそばにいて下さったらそれだけで元気が出ます。ですからどうぞ、ずっとこうして手を握っていて下さいませ」

わざとらしく気怠い顔を作ったシュリーは、夫の手を取り思う存分甘えた。

「勿論だとも。そなたが回復するまで、片時もそばを離れるつもりはない。欲しいものがあればなんでも言うのだぞ」

甲斐甲斐しいレイモンドは優しくシュリーの手を握り返すと、烏の濡《ぬ》れ羽色《ばいろ》の艶《つや》やかな黒髪を手で梳かしてやりながら砂糖を煮詰めたような甘い声でシュリーに身を寄せた。

「出産は大変でしたけれど、こうして陛下を独り占めできるなんて嬉《うれ》しいですわ。片時も離れぬということは、アシュラのもとにも行かないで下さるのですわよね？」

「そっ、それは……せっかく誕生した私達の子ではないか。そなたが眠った後に顔を見に行こうかと思っていたのだが……」

「嫌です」

ぷくうっと頬《ほお》を膨らませたシュリーは、母になっても変わらずレイモンドに関することだけは子供のように駄々をこねた。

「陛下に可愛《かわい》がってもらうのは私だけの特権ですもの。あんな赤子に譲ってなるものですか」

「アシュラはそなたの子でもあるではないか」

自分の手をぎゅうぎゅうに握って我儘を言う妻が可愛くて仕方なく思いながらも、生まれたての我が子にも会いたいレイモンドが眉《まゆ》を下げながら苦笑する。

「陛下は私とアシュラ、どっちが大事なのです？」

ますます頬を膨らませ口を尖《とが》らせたシュリーは、引き下がることなく夫の手を引く。

黒曜石のような瞳がうるうると揺れている。

我が子にまで嫉妬《しっと》する妻のあまりの愛らしさに心臓を撃ち抜かれながら、レイモンドは理性を総動員して優しく優しくシュリーの額に唇を寄せた。

「分かった。そなたがそう言うのなら、今夜はずっとそなたのそばにいるから安心して眠りなさい」

「本当に？　約束ですわよ」

「ああ」

そう言いつつ、子供好きのレイモンドが夜中にこっそり愛しの我が子に会いに行くであろうことも、シュリーがそれを黙認するであろうことも分かっている夫婦は静かに微笑みあった。

レイモンドが幸せを噛《か》み締《し》めていたところで、緊急時以外は入室を禁じているはずの部屋の扉がノックされる。

「陛下、王妃様。お休みのところ申し訳ございませんが、緊急の知らせです」

マドリーヌ伯爵の焦《あせ》った声を聞いて顔を見合わせたシュリーとレイモンド。窺《うかが》うようなレイモンドの目線にシュリーが頷《うなず》くと、レイモンドは扉に向かい入室を許可する声を掛けた。

挨拶《あいさつ》もそこそこに部屋に入ってきた伯爵の報告は衝撃的なものだった。

「魔晶石の鉱脈があるフロランタナ領付近の農村に、異変がありました」

「何があった？」

「それが……どうやら外部から攻撃を受けたようなのです。村が焼かれ、略奪の被害が相次いでおり死傷者が多数出ているようです。断定はできておりませんが、外国からの侵略攻撃の可能性が高いかと」

「何だと？　では、我が国が戦争を仕掛けられていると言うのか？」

「……実は、近隣で帝国軍の目撃情報がありました」

伯爵の重々しい言葉を聞いてグッと拳《こぶし》を握り込んだレイモンドの横から、寝台に寝たままのシュリーが冷静に声を上げる。

「充分に有り得ますわね。フロランタナ領東部と山脈を隔てて接しているラキアート帝国が魔晶石を狙《ねら》って攻め入って来たのでしょう」

「……帝国はここ数年、国力を著しく落としている。これまでもシルクや磁器の製法を狙い間諜を送り込んで来ていた。シュリーの諜報部隊がそれを阻止してきたが、とうとう強硬手段に出たというのか？」

帝国の他にもアストラダム王国の技術を狙い他国から間諜が数多く潜り込んで来たが、その全てはシュリーが鍛え上げた十三人の諜報部隊によって的確に処理されてきた。

表立っては国王が国家を挙げて保護し、裏では王妃が最強の防御壁を設けて護るシルクや磁器の技術には手出しできないと諦《あきら》めたのか。

はたまた希少な魔晶石の誘惑に負けたのか。王子誕生に沸くアストラダム王国の脅威に焦りを見せたのか。

いずれにしろ、宣戦布告もなく一方的に侵略戦争を仕掛けたのであれば、帝国は世界中から非難を浴びる蛮行を犯したことになる。

アストラダムの発展がこのような事態を引き起こそうとは。

「すぐにでも状況を把握し、手を打つべきかと」

険しい表情のマドリーヌ伯爵に、レイモンドは宙を睨《にら》んで考えを巡らせた。

そんな中、重苦しい空気に相応《ふさわ》しくない鈴の音のような声が沈黙を破った。

「一つ。とても簡単で確実な方法がございますわ」

「シュリー！　まだ起き上がっては……」

「問題ございません」

レイモンドが手を貸すよりも素早く、産後の体を物ともせず寝台から抜け出したセリカ王妃は、ニンマリと微笑んだ。

嫌な予感しかしないレイモンドは、シュリーの笑顔を見て全てを悟り頭を抱える。

「王妃様、何か策がお有りなのですか⁉」

目を丸くした伯爵が問えば、セリカ王妃は美しく頷いてみせる。

「ええ。私に全てお任せ下さいまし。ちょうど体も元に戻ってきましたし、肩慣らしには打って付けの運動になりましてよ」

「先ほどまで気怠いと言っていたではないか」

頭を抱えたままのレイモンドが唸《うな》れば、それを聞いたシュリーがクスクスと笑い出す。

「あら。陛下はお気づきでしたでしょう？　陛下に甘えていたくて仮病を使っただけで、私はとっくに回復しておりますわ」

「……頼むから無茶をしないでくれ」

「あらあら。陛下ったら本当に心配性ですこと。私が自分の力量を見誤るような無茶をしたことなどございまして？」

王妃が何をしようとしているのか察して天を仰《あお》ぐ国王を見て、わけが分からず困惑する伯爵は恐る恐る口を開いた。

「あ、あの……王妃様？　何をなさるおつもりですか？」

臣下の問いに、セリカ王妃は威風堂々と胸に手を当て美麗に微笑んだ。

「私が、直々に戦地へ赴きます。そして本当に帝国軍による侵略がなされていた場合、その場で早々に蹴《け》散らしてご覧に入れますわ」

「⁉」

自信満々に胸を張る産後間もない王妃のとんでもない言葉に、伯爵は絶句する。

妻の言い出すであろうことを予想していたレイモンドは、溜息《ためいき》を吐いて改めて現状を整理した上でシュリーを見た。

「シュリー。私は、そなたに行って欲しくはない」

真《ま》っ直《す》ぐな夫の瞳に応《こた》えるように、シュリーもまた真っ直ぐにレイモンドを見つめ返す。

「シャオレイ。私のことを間近で見てきた貴方様ならお分かりのはずですわ。私の力があれば、このような些細《ささい》な問題は幾らでも解決できると。私には貴方様とアシュラとこの国を護る使命がありますす。私を派遣することが最も迅速に、且つ被害を最小限に防ぐ手立て。王として正しい決断をして下さいませ」

「……」

レイモンドは、シュリーがそう言うのであればそれが本当に容易いであろうと信じて微塵も疑ってはいないが、それでも妻の身が心配で堪らなかった。

そしてシュリーは、シュリーの力量ではなく、シュリーの身を案じてくれているが故に揺れる夫の気持ちを、正確に理解できるようになっていた。

互いに想《おも》い合い分かり合っているから、国王夫妻は暫くの間、視線だけを交わし合う。そうして無言の対話を続けた。

先に視線を動かしたレイモンドが溜息と共に口を開きかけたところで、言葉を失って成り行きを見守っていた伯爵が叫び出す。

「な、な、なりませぬ！」

伯爵の絶叫を合図にしたかのように、部屋の外で控えていたガレッティ侯爵とマクロン男爵も無礼を承知で入室し国王夫妻の前に跪いた。

「陛下！　王妃様の御身に何かあれば如何するのです！　本当に帝国が攻めて来たのなら、その軍勢は計り知れません。いくら王妃様と言えど、危険過ぎます！」

「今の我が国の発展は、王妃様あってこそ。もし王妃様に万が一の事態が起これば、我が国はお終いです！」

「陛下、どうか王妃様をお止め下さい」

忠臣達の必死の奏上に、レイモンドは国王として耳を傾ける。

しかし、その視線の先にいる最愛の妻の瞳が少しも揺らいでいないことを見て取ると、諦めて決断する他なかった。

「シュリー。一つだけ約束してくれ」

背筋を伸ばすシュリーの目の前に立ち、その手を握ったレイモンドは、切実な瞳を妻に向けていた。

「何でございましょう」

「……必ず。傷一つなく、無事に帰って来るように。私とアシュラを置いていくような残酷なことだけはしないと誓ってくれ」

目をパチパチと瞬かせたシュリーは、それはそれは美しく気高く可憐に微笑んだ。

「お安い御用ですわ」

愛する夫の頬に唇を落としたシュリーは、絶望する家臣達へ向けて指示をした。

「私が不在の間、陛下と王子を頼んだわよ」

「王妃様……王妃様はまだ産後の不安定なお体で、安静が必要なのですよ？」

弱々しい伯爵の最後の抵抗を、王妃は笑顔で一蹴した。

「私をその辺の普通の女と一緒にしないで頂戴。体はこの通り、既に回復済みでしてよ。大人しく寝ていたのは、陛下が気遣って付きっきりでそばにいて下さるのが嬉しかったから甘えていただけのこと。心配は無用だわ」

あまりにもあんまりな王妃の王妃らし過ぎる言葉を聞いて、張り詰めていた家臣達は心配したのが馬鹿《ばか》らしくなってくる。

彼等が気を緩めたのを確認したシュリーは、傍《かたわ》らに控えるランシンを見た。

「ランシン、お前はここに残り陛下の護衛を。現地への供はジーニーとリンリンを連れて行くわ」

「是」

供手《きょうしゅ》したランシンは同じく頭を下げたリンリンと共に、すぐさまジーニーを呼びに向かった。

「フロランタナ領には魔晶石の鉱脈を護るため兵を常駐させておりますから、彼等と合流し状況を確認次第、私の判断で動きます。宜しいですわね、陛下」

「ああ。全権をそなたに任せる。だから少しでも早く私の元に帰って来なさい」

夫から甘い口付けを貰《もら》い喜び勇んだシュリーは、何も分からず連れて来られたジーニーに口を開く間も与えず、巨大な九尾の狐となったリンリンの背に無理矢理縛り付けて、自らはランシンが用意してきた剣を取った。

「陛下との甘いひと時を邪魔されて、私とてもとても腹が立っておりましてよ。不届き者どもを片付けてすぐに戻りますわ」

シュリーが振り回した剣はふわりと宙に浮き、色々なことに驚きを隠せないレイモンドの部下たちは言葉を失ったまま呆然《ぼうぜん》としていた。

浮いた剣の上に飛び乗ったシュリーは、自分を見つめる黄金の瞳に向けて柔らかく微笑み胸を張る。

「どうぞ安心してお待ち下さいまし。なにせ私、戦には多少の心得がございますの」

第十五章　才色と彩色

「状況はどうかしら」

剣に乗る御剣の術により驚異のスピードで王宮を飛び立ったシュリーは、あっという間にフロランタナ領の魔晶石鉱脈を守護する砦に降り立った。

王妃様が来てくれたと沸き立つ兵達の中、送り込んでいた自分の諜報員を見つけて状況を確認するシュリー。

「やはり帝国軍です。王妃様が施して下さった結界のお陰でこの砦は守られましたが、夜が明け敵の援軍が到着次第、再び総攻撃を仕掛けられるかと」

砦の外を見遣った王妃は、少々離れたところで陣を張る帝国の軍旗を見て目を細めた。

「敵軍の数と将は？」

「援軍が加われば三万、進軍の最高司令官はラキアート帝国皇弟のエルデリック公です」

その情報を得て、あまりの大軍と皇弟の登場に勝機はないと絶望していた砦の兵士達。

しかし、そんな彼等の顔を見たシュリーは、ハッと鼻を鳴らして帝国の状況を笑い飛ばした。

「あらあら。三万の軍に皇弟まで寄越すとは。帝国ともあろうものが、小国の領地一つを落とす為に随分必死だこと。我が国を甘く見ていないことだけは褒めてあげるわ。だけれど素人もいいところね。奇襲をかけて数で押せば勝てるとでも思っているのかしら。そういえば帝国の軍部は不安定な状態だと記憶しているけれど？」

「その通りです。数年前に全軍の総帥を務めていた大公が皇帝と仲違いして独立、大公国を建国したのを機に、帝国軍の主だった有力者は大公と共に帝国を去りました。今の帝国に大軍を統率できる指揮官はいないはずです」

「だったら皇弟は身分が高いだけの見せ掛けの将ね。良いわ。概ね分かりましてよ。有能な大公に逃げられ国力を落とし続ける帝国が、急成長を遂げる我が国に危機感を覚えたのでしょうね。魔晶石さえ手に入ればそれを武器に更なる侵攻が可能。我が国を征服してシルクや磁器の技法を奪うつもりだったのかしら。お粗末な計画ですこと」

「娘娘《ニャンニャン》、遅くなりました」

少し遅れて到着した人間姿のリンリンと、乗り物酔いしたかのように倒れ込んだジーニーが姿を現すと、シュリーは楽しげに目を細めた。

「相手は大したことなくてよ。この分ならランチまでに帰れそうね」

「お、王妃様……いったい何なんだ？　急に連れて来られてわけが分からないよ。リンリン、頼むから僕を乗せる時はもう少し優しくしてくれないか。振り落とされるかと思った……。うっ、また吐き気が」

口を押さえてよろめくジーニーを情けないと見下ろすリンリン。その様子を気にも留めず、シュリーは瀕死の昔馴染みの尻《しり》を叩《たた》いた。

「ほら、顔を上げてよくご覧なさい。貴方の大好きな戦場よ。貴方のための死体がたくさんできるわ。早くお立ちなさい」

「何だって⁉　戦場⁉　それを早く言ってくれよ！　また面倒に巻き込まれるのは御免だと思ってたけど、そういうことなら大歓迎だ！」

先程までの様子は何だったのか、喜色満面に起き上がったジーニー。そんな彼にシュリーは初めて状況を説明した。

「魔晶石を狙《ねら》ってラキアート帝国がここフロランタナ領に攻めて来たわ。相手は数が多く、身分の高い者を司令官に置いてるだけの素人よ。私、早く陛下の元に帰りたいの。さっさと片付けてしまいましょう」

「分かった。それで、作戦は？」

あまりにも簡潔過ぎる説明にも拘《かか》わらず、興奮気味にうんうんと頷《うなず》いたジーニーにシュリーはニンマリと口角を上げ、ある物を取り出した。

「これを使うわ」

「……うわぁ。君、相変わらず容赦ないな」

シュリーの手の中にあったのは、いつぞやか魔道具の試作品として作ったランプだった。

「貴方が改良する前のものよ。威力は城を焼き尽くす程度、だったかしら。これに魔晶石の欠片《かけら》をくっ付ければ破壊力は更に増すでしょうね。これを敵軍の中に投げ込みましょう」

「そこに魔晶石まで付けるのか。えげつないな。あとは僕が出来上がった死体を操《あやつ》って軍隊を作れば良いんだな。なんだ、本当にランチまでに帰れそうじゃないか」

「アストラダムを虚仮《こけ》にしたこと、後悔させて差し上げなければね。ちょうど良く皇族が来ているのなら好都合だわ。人質にしてたんまり賠償金をもぎ取りましょう」

悪魔のような顔で笑った二人は、それぞれに準備を始めたのだった。

「お前達はこの砦の中で待っていなさい。外は少々騒がしくなるでしょうけれど、私の結界の中にいれば安全よ。負傷者の治療を優先なさい」

砦の中にいた兵士達に指示を出したシュリーは、遠方に見える帝国の軍旗に動きがあるのを確認して魔晶石を組み込んだランプ——もとい、破壊力抜群の魔道爆弾——を大人しく立つ侍女に手渡した。

「タイミングよく相手方の援軍が到着したようね。リンリン、先にお行きなさい」

「是、娘娘」

リンリンの顔が豹変《ひょうへん》し、毛むくじゃらで九本の尻尾《しっぽ》をもつ巨大な狐に変わった。

◇

結果として、三万の軍勢を率いた帝国軍は、砦に辿《たど》り着くことすらできなかった。

帝国軍の行く手を阻んだのは、地面が抉れたような巨大な深い穴と、命を失い死体となった自軍の兵士達だった。

空から落とされた爆弾の圧倒的な破壊力と、味方の死体が化け物となり襲いかかって来る恐怖で帝国軍はあっという間に戦意を喪失し、武器を投げ出して逃げ出す者が相次いだ。

総帥として参戦した皇弟は戦争の経験などなく、小国の領地一つを略奪する勝ち戦だと聞いてやって来ただけの無能。

担《かつ》ぎ上げられただけの哀れな男は、こんなはずではなかったと、この惨状に後退る。

逃げるな、戦え、と震えながら叫ぶだけで何の手も打たない司令官に従う兵士はおらず、死体が増えれば増えるほどに被害は増大していった。

そんな中。

爆発《ばくはつ》の威力を知らしめるかのように粉塵が舞う戦場の上空を、一筋の光が駆け抜けた。

「な、な、何だアレは⁉　魔術か⁉」

帝国軍総帥である皇弟の元に一直線に向かって飛んで来たその光の正体は、長い袖《そで》を翻《ひるがえ》し微笑む、世にも美しい女だった。

戦場にそぐわない、怪しく艶《つや》やかな麗人の登場に、皇弟を護衛していた騎士達も思わず剣を下げる。

「貴方がラキアート帝国皇弟エルデリック公かしら？」

鈴の転がるような声で問い掛けられた皇弟は、美女に見惚《みほ》れながら頷いた。

「あ、ああ。いかにも。私が皇弟エルデリックだ。そなたはいったい……」

「私はこのアストラダム王国を統べる国王レイモンド二世陛下の妃でございますわ」

ニッコリと、溢《あふ》れ出る美貌を見せ付けるかのように気高く美しく麗しく可憐に華麗に微笑んだ王妃を見て、混乱の最中の帝国軍は更なる困惑に見舞われた。

「何だと……⁉　お、王妃は数日前に出産したはず、このような戦場に産後の王妃が一人で来るはずなかろう！」

裏返る皇弟の声を鼻で笑い飛ばし、王妃は優雅な仕草で前に出た。

「確かに私、数日前に王子を出産致しましたわ。愛するレイモンド陛下と生まれたばかりの我が子を愛でておりましたら不穏な知らせがあり、至急飛んで参りましたの。私と陛下の時間を邪魔した不届き者の顔を拝みに来たのですわ」

よく見ると王妃の手には、剣が握られていた。

「このような敵軍の中に一人で飛び込んで来るとは馬鹿《ばか》な女だ！　誰《だれ》ぞ、この者を捕らえよ！　王妃であるかどうかはどうでもいい！　とにかく捕虜とするのだ！」

皇弟の命令に、騎士達は戸惑ったまま動かなかった。

それもそのはず。

戦場の真ん中、鎧姿の騎士達の中にドレス姿の女が一人。

更には王妃という高貴な身分と、数日前に出産したばかりと聞けば、騎士道の精神を持つ者ならば手荒な真似をしようとは思わない。

できることと言えばせいぜい投降を呼び掛ける程度だが、程々の腕を持つ騎士達は目の前の美女の異常な隙の無さに、呼び掛けることすらままならなかった。

「何か勘違いしているようですわね。私は公にチャンスを差し上げる為に参りましたのよ」

優雅な仕草でまた一歩前に出る王妃に、皇弟も騎士もゴクリと喉《のど》を鳴らして後退った。

「このまま大敗すれば、公の名に傷が付きますでしょう？　卑怯《ひきょう》な手で攻め入った小国相手に三万の帝国軍が全滅、だなんて。世界史に残る帝国最大の汚点となりますでしょうね。末代までの笑い者ですわ」

クスクスと、楽しげに笑う王妃に皇弟は頭に血を上らせて叫んだ。

「黙れ！　我が国を愚弄するのか⁉」

「あら。先に我が国を愚弄したのは其方でございましょう？　小国と侮り蛮行を犯した結果がこれでございましてよ。公にはこの惨状が見えておりまして？　もう帝国に勝ち目など無いのです。悪いことは言いません。一軍を率いる将なのであれば、後は被害をどこまで抑えられるかを考えるべきですわ」

「う、煩《うるさ》い！　先程から何なのだ偉そうに！　誰ぞ、早くこの女を捕まえろ！」

しかし、相変わらず騎士達は当惑したまま動かなかった。

「人の話は最後まで聞いて頂きたいわ。私はチャンスを差し上げると言ったはずです。ここで公が私と一騎討ちをして勝てば、魔晶石の鉱脈は差し上げますわ」

「何⁉」

思いもよらない提案に、皇弟は目を丸くした。

「但し、公が負けましたら潔く軍を撤退して下さいませね。その際に公には捕虜として私について来て頂きますのでご承知おき下さいまし」

「馬鹿な女だ！　そなたのような小柄で華奢《きゃしゃ》な女が男の私に勝てるわけなかろう！　それも産後間もない王妃だと？　いいだろう！　そなたを倒し、魔晶石を手に入れる！　そしてそなたのことも可愛《かわい》がってやろうではないか！」

フハハ、と笑う皇弟を見て王妃は目を眇《すが》めた。

ここで騎士道精神を見せて手を引くのであれば容赦してやろうと思ったが、見下げ果てた外道ぶりに手加減は無用だと剣を構える。

一方の皇弟は、剣を抜いたはいいが馬から下りるつもりはないらしい。

どこまで恥を晒《さら》すのかと、周りの騎士達は羞恥に目を覆《おお》いたくなった。

「それでは、いざ尋常に。参りますわよ」

声と共に地を蹴《け》ったアストラダム王国の王妃は、一瞬で帝国軍の前から姿を消した。

「な、なんだ？　どこに行った？　うわあぁぁぁ！」

そしてこの歴史上最も有名で愚かな一騎打ちは、瞬きする間もなくあっさりと勝敗を決したのだった。

◇

「シュリー!!」

夜に飛び出して行って翌日の昼に戻って来た王妃を出迎えた国王レイモンドは、あまりにも早い帰還に目を丸くする家臣達を気にも留めず愛する妻を抱き寄せた。

「無事か？」

「勿論でございますわ。かすり傷一つございません。お約束致しましたもの。私が陛下とのお約束を違《たが》えることなど有り得ませんわ。帝国軍は既に引きました。我が国の勝利でしてよ」

「そうか。そなたが無事なら何だって良い。どれ程生きた心地がしなかったことか」

愛する夫の切ない声を聞いて胸が締め付けられたシュリーは、信じて待っていてくれた夫が可愛くて仕方なかった。

ぎゅうぎゅうに抱き締められるのが嬉《うれ》しくて堪らない。

相手が弱すぎて産後の肩慣らしにもならなかったが、一仕事終えた後なのでシュリーは思う存分夫の腕に甘えた。

しかし、何処からともなく咳払《せきばら》いが聞こえる。それもそうだ。戦に行くと言って飛び出した王妃が僅か半日で帰還したのだ。

報告を聞きたい家臣達が遠回しに合図を送るのも当然のこと。

「ああ、そうね。早く陛下に会いたくて置いて来てしまったけれど、もうすぐリンリンとジーニーが戻りますわ。お土産を持たせているので降り立つ場所を空けてあげて下さいまし」

昨夜、変身を目の当《ま》たり《あ》にしリンリンの正体を知ったレイモンドの家臣三人組は、あの怪物が王宮に来るのか……と恐々としながら早速準備を始めた。

シュリーが思う存分レイモンドの腕に擦《す》り寄《よ》って満足した頃に帰って来たリンリンは、その毛むくじゃらで尻尾のたくさん生えた巨体を王宮のバルコニーに落ち着けると、咥えていた何かをぺっと吐き出した。

ゴロンと転がったのは、白目を剝いて気絶している一人の男だった。

「この者は？」

「ラキアート帝国の皇弟、エルデリック公ですわ。今回の進軍の指揮を執っておられたとか。帝国軍は撤退させましたが、捕虜として連れて参りました」

「皇弟⁉　帝国はわざわざ皇弟を送り込んで来たのか？」

「どうしても魔晶石を手に入れたかったようです。ボロボロにしてしまいましたけれど腐っても皇族ですから、この者がいれば帝国との交渉も有利に進められましょう。敗戦国からはたんまりと賠償金を頂かなくてはいけませんもの」

ニンマリと笑ったシュリーは、リンリンの涎に塗《まみ》れ無様に横たわる皇弟を見下ろした。

「侵略目的で宣戦布告もなく他国に攻め入り、三万の大軍を率いて押し寄せて来たにも拘わらず、手も足も出ずに撤退。更には交渉に赴いた王妃との一騎討ちでそれはそれは見事な負けっぷりを演じて醜態を晒したのです。この男はこの先、生きている方が辛《つら》い辱めを受けるでしょうね」

ケラケラと笑う王妃にドン引きしながらも、マドリーヌ伯爵は状況を理解し即座に皇弟を連行するよう指示を出した。

「王妃様。我が国を守護して頂いたこと、改めて御礼を申し上げます」

ガレッティ侯爵が頭を下げれば、シュリーは何でもないことのように気安く笑った。

「私はこの国の王妃として当然のことをしたまでよ。それよりも、この後の交渉が重要。交渉は貴方達に任せるわ。賠償金の他に、帝国の街道を無償で自由に行き来する権利を捥ぎ取って頂戴。それで帝国を隔てた東方の国々との貿易がより有利になりますもの。宜しいですわよね？　陛下」

「ああ。勿論だ。全《すべ》て王妃の言う通りに」

謹んで国王夫妻の命を受けた三人は、恭しく頭を下げた。

「一つだけ、皇弟は気を失う前に帝国のダイヤモンド鉱山をやるから赦してくれと命乞いしていたわ。その話は決して受けないように。必ず金と通行権で解決なさい」

「ダイヤモンドの鉱山⁉　王妃様、それは受けるべきでは？」

思わず叫んだマクロン男爵へ向けて、シュリーは首を横に振った。

「いいえ。帝国は今、国力を著しく落としている。これは帝国から独立した大公国の領地が帝国の国力を担う龍穴だった為。龍穴の恩恵を失った帝国はこの先枯れゆくのみよ。恐らくそのダイヤモンド鉱山も既に枯れ果てている可能性が高いわ」

「まさか！　それが本当だとしたら、帝国は今回の馬鹿げた侵攻の賠償にゴミ屑を寄越そうとしたということ。見下げ果てた者どもですな」

勝手に攻め入って来たばかりか、枯れた鉱山を押し付けようとは何事だ、と怒る臣下の三人は、改めて作戦を立てる為に顔を見合わせた。

「帝国は捨ててはいけないものを捨ててしまったようね。この先帝国の未来には衰退しかないでしょう。可哀想《かわいそう》に」

ちっとも可哀想とは思っていない笑顔で呟いたシュリー。その言葉を聞いていたレイモンドは、ただただ苦笑を漏《も》らすしかなかった。


「うぅ……いつの間に着いたんだ？」

リンリンの背にぶら下がって眠りこけていたのか、そのあまりの激走に気を失っていたのか。頭を押さえて起き上がったジーニーがバルコニーに転がったまま呻き声を上げる。

「久しぶりに遊べて楽しかったでしょう？」

よろめく昔馴染みを見下ろしたシュリーが腰に手を当て声を掛ければ、ジーニーは恨めしそうに王妃を見上げた。

「否定はしないけどさぁ、移動方法はもうちょっと考えて欲しいな。リンリンは君以外に対して基本的に辛辣過ぎるんだよ」

ブツブツと文句を言いながら立ちあがろうとしたジーニーだったが。

次の瞬間。

ジーニーは勢いよくぶつかって来た何かによって地面に押し戻された。

「!?」

「ジーニー！」

「え」

「どういうつもりだ！　急にいなくなったと思ったら、戦場に向かっただなんてっ！　私がどれだけ心配したと思って……」

わけが分からないジーニーは、よく見知った顔が目の前で涙ぐんでいるのを見て放心した。

「ドラド……？　え、……えぇ？」

「なんなんだ！　君はいつもいつも、風変わりで突飛で珍奇で理解できない言動ばかりして。そんなふうに散々私を翻弄しておいて、突然いなくなるなんて……」

ジーニーの胸ぐらを摑《つか》んだドラドは、声を震わせて言い募る。

困惑しっぱなしのジーニーは、為《な》す術もなく揺さぶられながら働かない頭で取《と》り敢《あ》えず謝罪を口にした。

「う、うん。あ、ごめん。いや、今回は僕も急に連れ去られただけなんだけど、いや……え。……えぇえぇ!?」

叫ぶジーニーを見てやれやれと肩をすくめた国王夫妻は、二人を残してそっとその場を後にしたのだった。

◇

「シュリー。そなたに渡したいものがある」

ランチを共にした妻へと、国王レイモンドは静かに口を開いた。

「あらあら、何でございましょう。頑張ったご褒美でも下さるのかしら」

楽しげなシュリーが首を傾げれば、レイモンドは頬《ほお》を掻《か》きながらソワソワと視線を動かした。

「その……気に入ってもらえるか分からないが」

自信なさげな姿がシュリーの庇護欲を刺激する。

「まあ。陛下ったら。私が貴方様からの贈り物を喜ばないとお思いですの？　心外ですわ。以前も申し上げましたでしょう？　陛下から頂けるものでしたら、どんなものでも嬉しいに決まっておりますわ」

それを聞いたレイモンドは、一つ頷くと立ち上がって愛する妻の前に跪く。そしてシュリーの左手を取ると、兄に金玉四獣釧《きんぎょくしじゅうせん》を渡してからずっと空いている細い手首を見つめた。

「そなたの祖国の風習を聞いてから、ずっと思っていた。この先そなたの左腕に嵌《は》まる証しは、そなたが他の誰でもなく私のものだという証しであって欲しいと」

「シャオレイ……」

優しい手付きで左手に通された、新しい重みを感じてシュリーは息を呑《の》む。

久しく空だったシュリーの左手首には、金の台座にオブシディアンを施した真新しい腕環が嵌められていた。

「ルキア王国では、婚姻した夫婦は左手の薬指に揃《そろ》いの指環を着けるらしい。だから……」

シュリーに嵌められたものと全く同じ腕環を取り出した夫を見て、シュリーの心臓がきゅうっと締め付けられる。

「私にも、私がそなたのものであるという証しを着けてくれ」

腕環に施されたオブシディアンと同じ煌めきをのせたシュリーの瞳《ひとみ》が揺れて、レイモンドの黄金の瞳とかち合った。

「陛下は、いつもいつも。私を殺す気ですの？」

吐息を震わせながら手を伸ばしたシュリーは、それを受け取ると愛する夫の左手を取った。

「いつも言っているだろう？　私を置いて死なないでくれと」

目を細めて優しく微笑むレイモンド。

「そなたは高価な贈り物など必要ないと言っていたが、私はそなたの夫として、常にそなたを喜ばせたいのだ」

左腕に揃いの腕環を通したシュリーは、言いようのない感情が迫り上がってきて飲み込まれそうになるのを必死に堪えた。

しかし、駄目だった。

まさかこんな贈り物一つで、胸がいっぱいになって涙が出るなんて。そんなことが起こり得るなんて。

シュリーは言い知れぬ喜びと感激に胸を打ち震わせた。

「……知っておりまして？　釧《くしろ》を交わして釧《セン》の国を創った二神は、仲睦まじい夫婦だったと言われておりますの」

「そうなのか。それは知らなかった」

建国神話の神々の行動を容易くなぞらえておいて、偶然だなと笑うレイモンド。

他でもない彼こそが自分の夫であるという幸福を噛《か》み締《し》めながら、シュリーは柔らかく微笑んだ。

「我愛你《ウォーアイニー》、小蕾《シャオレイ》」

終章　育才

　執務室で書類に目を通していたレイモンドはふと、気配を感じて顔を上げた。

「どうした、遊びに来たのか？」

　優しく微笑んだ父の顔を見た王子、アシュラは隠れていたソファの陰から出て来ると、恥ずかしそうに頬を染める。

「父上、お忙しいですか？」

「いいや。ちょうど一息吐こうと思っていたところだ」

　レイモンドの一言に応《こた》えるようにお茶を運んで来たランシンが、アシュラの分のお菓子を応接用のテーブルに並べた。

　羽ペンを置いたレイモンドは机を離れ、アシュラの正面に移動して深く腰掛ける。

「おいで。一緒に食べよう」

　丸い頬に抑え切れない嬉《うれ》しさを滲《にじ》ませたアシュラは、父と同じ色の瞳《ひとみ》を輝かせてランシンからホットミルクを受け取った。

「勉強はどうだ？　辛くはないか？」

　父の問いに、アシュラは少しだけ考えてから答えた。

「学ぶことは楽しいです。でも……母上は時々変なことを言います」

息子の話を聞いて興味深そうに目を瞬かせたレイモンドは、息子の皿に最先端のデザートであるチョコレートケーキを取り分けてやりながら口元を緩ませた。

「母上はどのような変なことを言うのだ？」

ぷくぷくの唇をむぅっと尖《とが》らせたアシュラは、先日母から言われたことを思い出して父に告げ口をした。

「あまり父上の邪魔をしてはダメだと。父上はお忙しいのだから、遊んでもらうのは少しの時間だけにしなさいと言われました」

不満げな息子の様子と、息子にそう言った妻の真意を理解したレイモンドは、思わず笑ってしまった。

「ハハハ、そうか。ふむ。……実のところ、私はそこまで忙しくはない。愛する家族との時間を確保できる程度には、優秀な部下達がいるからな」

レイモンドがそう言うと、アシュラは愛らしい頬を上気させた。

「じゃあ、また遊びに来てもいいですか？」

「勿論だ」

優しい父の声にホッと胸を撫で下ろしたアシュラは、トテトテと父の側に来ると、ずっと思っていたことを父に打ち明けた。

「父上。母上は、父上のことが好き過ぎます」

「何……？」

「父上にメロメロなんです。父上は立派にお仕事してるのに、母上は父上のことばっかり考えていてちょっと変です。僕に父上と遊んじゃダメだって言うのも、本当は自分が父上と一緒にいたいからです」

小声でそう耳打ちしてきた息子の言葉に虚を突かれたレイモンドは、ニヤける口元を隠すことができなかった。

「そうか。アシュラはそんなふうに思っているのか。……ふっ」

笑いを堪え切れないレイモンドの後ろで、控えていたランシンも長い袖《そで》で口元を隠し、コッソリと肩を震わせている。

「なにか可笑《おか》しいですか？」

何故《なぜ》笑うのかと、純真なまん丸の瞳を向ける息子に、レイモンドはなんとか真面目《まじめ》な顔をして答えた。

「いや。そなたがそう思うのも無理はない。そうだな……そなたが大人になり、愛する人ができたら、その時はきっと分かるはずだ。好き過ぎて変なのは、母上だけではないと」

「……？」

父の言葉の意味を反芻する前に、アシュラは嫌な予感がしてハッと扉の方を見た。

その瞬間、バンッと勢いよく扉が開く。そこにはアシュラが今だけは会いたくなかった人物が、目を吊り上げて立っていた。

「アシュラ・デイ・アストラダム！　この私に隠れて陛下と遊ぼうなど、百年早くてよ」

「は、母上っ……！」

「お前の父上は私のものよ。本来なら陛下の空き時間は全《すべ》て私と過ごす為のもの。それを時々お前に貸してあげているだけだということを忘れないで頂戴」

息子相手に本気の嫉妬《しっと》を見せる王妃。王宮の日常風景でしかないこの光景に、使用人や護衛は今更何も思わなかった。

悪戯が見つかったかのように固まる息子を見て不憫《ふびん》に思ったレイモンドは、穏やかな瞳を妻へと向けた。

「シュリー。そなたも一緒にティータイムはどうだ？」

「……陛下がそう仰《おっしゃ》るのなら」

言葉ひとつでいそいそとレイモンドのすぐ側まで来たシュリーは、幼い王子が目の前にいることなど関係なくそのまま愛する夫の膝《ひざ》の上に座り込んだ。

「シュリー……アシュラが目の前にいるのだが」

「それがなんだと言うのです。私の定位置はここですわ」

息子相手にマウントまで取り出した妻に、レイモンドは苦笑しながらも、今更かとそれ以上は何も言わなかった。

実際にアシュラはそれが両親の通常だと思っているので、特に気にしたふうもない。

それよりも母に怒られるのでは、と怯《おび》える息子に、シュリーは溜息《ためいき》を吐いた。

「授業をサボったことについては、お前を叱るつもりはないから安心しなさい。どうせ今日の講師のジーニーがドラドのところに行きたくてお前を唆したのでしょう。まったくあの男はちっとも変わらないのだから」

昔馴染みの困った行動に頭を抱えたシュリーは、ソワソワする息子へフォークを手渡してやった。

母からのお許しをもらってお利口にチョコレートケーキを食べ始めたアシュラを見て、レイモンドは瑞々しい苺を差し出しながら妻へと問い掛ける。

「義兄上殿はどうだった？」

「相変わらずですわ。皇帝になったからと言って、あの凡庸さはそうそう変わりません。まあ、私の弟子達に見限られていないだけ、成長したようですけれど」

当然のように夫の手から苺を食べたシュリーは肩をすくめた。

「会議さえなければ私も通信したかった」

「……近々こちらに来ると言ってましたわ。祝いの品と酒を持って行くから義弟とまた酌み交わしたいと伝えてくれ、とのことです。それと、アシュラ。お前にもお土産を持って来るそうよ」

「伯父上が？　楽しみです！」

ニコニコと笑ったアシュラは、母方の伯父である釧《セン》の皇帝の顔を思い浮かべて口にチョコを付けたまま微笑んだ。

アストラダムで日々研究が進む魔道具。

その中には遠方にいる者と水鏡を通して会話できる通信具や、予め設定した特定の位置同士を繫《つな》げて行き来を可能にするゲート等が開発されていた。

試作品として運用が始まったばかりのそれらは、実際に魔塔と共同で開発を主導したジーニーではなく、セリカ王妃の名で世界に発表され話題を呼んだ。

試行のため王妃の祖国である釧と繋げられた通信具とゲートは、稼働には大量の魔晶石が必要なため濫用はできないが、実際に釧と通信したり双方から人や物を送り合うことは問題なくできるようになっていた。

それを通じて先程まで兄と通話していたシュリーは、もうすぐ起こる慶事の祝いに来たいと言い張る兄の声を思い出して溜息を吐いた。

「そうか。前回も義兄上殿はなかなかの品を送って下さったからな。今回も期待しよう」

「さて。どうでしょうかしら。ただ陛下と飲みながら愚痴を聞いてもらいたいだけだと思いますけれど。先ほども本命の妃とうまくいっていないとかなんとか泣き言を言っておりましたわ。アシュラ、口に付いているわ」

手を伸ばして息子の口元を拭いてやったシュリーは、目を細めて柔らかく微笑んだ。

「まったく。もうすぐ兄になると言うのに。お前はいつまで経《た》っても幼い子供のままね」

言葉とは裏腹な優しい母の手付きに、アシュラは頬を染める。

「シュリー、あまり身を乗り出すと危ない」

そんな母を引き寄せた父は、膨らんだ母の腹を何度も優しく撫でていた。

その後、暫くは家族団欒のひと時が続いたのだが。

しかし。

「あら、陣痛が始まったようですわ」

長閑な午後のひと時。

和気藹々とティータイムを楽しんでいたアストラダム王国国王レイモンド二世と王子アシュラは、王妃の一言にポトリとフォークを取り落とした。

あら、お茶がなくなってしまいましたわ。のテンションで発せられた王妃の言葉を受けて、周囲に一瞬の沈黙が落ちる。そうして次の瞬間には、王宮は大混乱の渦に飲み込まれた。

「シュリー！」

「母上！」

「娘娘《ニャンニャン》！」

「王妃様!!」

「今すぐ侍医を!!」

アストラダム王国のセリカ王妃は、またしてもティータイム中に産気づいて第二子である王女を産み落としたのだった。

◇

「何を笑っているのですか？」

アシュラは隣に立つ美しい花嫁から怪訝そうな声を掛けられて我に返った。

「ああ。いや……。妹が生まれた時のことを思い出してな。あの日、父上の言っていた言葉の意味が、今やっと分かった気がする」

「……?」

「君に対する私の愛の重さはどうやら、母だけでなく父にも似ているようだ」

アシュラが参列者の方にチラリと目を向ければ、ドラドとジーニー、マイエにベンガー、ドーラ、侍従長、マドリーヌ伯爵夫妻、ガレッティ侯爵夫妻、マクロン男爵夫妻、ダレルにシルビア、ランシンとリンリン。

幼い頃からアシュラの周りを賑やかにしてくれた掛け替えのない人達がいた。

見知った顔が並ぶ中で、一際目《ひときわめ》を引くのは釧から駆け付けてくれた伯父と叔母夫婦、妹、そして並び立つ両親。

愛する国で愛する人々の中、愛する女性と愛を誓えるこの瞬間の幸福を噛《か》み締《し》めたアシュラは、改めてストロベリーブロンドの美しい髪を持つ花嫁に目を向けた。

「左手を出してくれ、レリア」

緊張した面持ちで素直に左手を差し出す花嫁を可愛《かわい》いなと思いながら、アシュラはその細く白い手に口付けを落とし、愛を込めてそっと揃《そろ》いの腕環を嵌《は》めたのだった。

GAノベル

その王妃は異邦人2
～東方妃婚姻譚～

2024年6月30日　初版第一刷発行

著者　sasasa
発行者　出井貴完
発行所　SBクリエイティブ株式会社
〒105-0001　東京都港区虎ノ門2-2-1
装丁　AFTERGLOW
印刷・製本　中央精版印刷株式会社

ISBN978-4-8156-2010-3
Printed in Japan

ファンレター、作品のご感想をお待ちしております。
〒105-0001　東京都港区虎ノ門2-2-1
SBクリエイティブ株式会社
GA文庫編集部 気付

「sasasa先生」係
「ゆき哉先生」係

本書に関するご意見・ご感想は
下のQRコードよりお寄せください。
※アクセスの際に発生する通信費等はご負担ください。

https://ga.sbcr.jp/

試読版は
こちら!

シャンティ

著：佐野しなの　画：亞門弐形
原作・監修：wotaku

GA文庫

一九二〇年代、合衆国屈指の大都市ブローケナーク。禁酒法がすっかり定着した元酒場で働く少年サンガは、貧乏ながらも身の丈に合った穏やかな生活を送っていた。ただ一人、大切な妹がいれば生きていける――

そのはず、だったのに。

「よう、うな垂れてるその兄ちゃん。何か辛い事あったんか？」

失意の中、サンガの前に現れたのは真紅《シェンホン》と名乗るマフィアの男だった。

目的を果たすため「白蛇堂《バイシュアトン》」の一員となったサンガは、真紅の下で彼の仕事を手伝うことになるのだが、いつしか都市の裏に深く根を張る闇に誘われていき――。あの「シャンティ」から生まれた衝撃のダーティファンタジー！！